Nicht gesucht und doch begegnet

Buch
Maike und Jan begegnen sich im Internet, obwohl sie nie nacheinander gesucht haben, zumindest nicht bewusst, verspüren eine tiefe Verbundenheit und erleben bis heute sonderbare Dinge, die im Laufe der Zeit keiner von ihnen mehr einordnen kann.
Der Inhalt richtet sich vor allem an Personen, die sich Gedanken über Zufall, Schicksal und Seelenverwandtschaft machen.

Autorin
Andrea Korzuch, Jahrgang 1972, geboren in Essen, verheiratet und Mutter von zwei Kindern, veröffentlicht nun ihr erstes Buch unter Pseudonym. Schon als Kind war das Schreiben eine ihrer großen Leidenschaften. Aufgrund einer außergewöhnlichen Erfahrung verspürte sie das große Bedürfnis, die nachfolgende Geschichte niederzuschreiben.

Andrea Korzuch

NICHT GESUCHT UND DOCH BEGEGNET

Zufall oder Schicksal?
Eine etwas tiefer gehende Erfahrung

Bibliografische Information der Deutschen Nationalbibliothek:
Die Deutsche Nationalbibliothek verzeichnet diese Publikation in der
Deutschen Nationalbibliografie; detaillierte bibliografische Daten sind
im Internet über < http://dnb.d-nb.de > abrufbar.

Alle in diesem Buch befindlichen Namen
wurden geändert.

© 2007 Andrea Korzuch
Lektorat, Satz, Umschlaggestaltung, Herstellung und Verlag:
Books on Demand GmbH, Norderstedt
Umschlaggestaltung: Andrea Korzuch

ISBN: 978-3-8334-6946-6

Für Jan, meinen Seelenverwandten

Durch unsere Begegnung, die etwas Sonderbares ist, sind wir geistig sehr gereift, haben den Himmel und die Hölle verspürt sowie den Glauben an das Schicksal gewonnen; daher widme ich Dir dieses Buch.

In tiefer Verbundenheit

Deine Maike

Inhalt

Vorwort	9
Wie alles begann …	11
Die erste persönliche Begegnung	16
Telepathische Situationen	21
Numerologische Auswertung	50
Weitere Erfahrungen	55
Persönliche Erlebnisse	68
Das Horoskop	71
Aspektvergleich	108
Kein Ende in Sicht	112
Gefühle	138
Der Konflikt	142
Die letzten Erlebnisse	145
Über die Dualseele	152
Danksagung	159

Vorwort

Diese auf Tatsachen beruhende Erfahrung handelt von einer Begegnung zweier Personen, die seelisch sehr stark miteinander verbunden zu sein scheinen. Sie mussten ein Erlebnis nach dem anderen verarbeiten, was ihren rationalen Verstand auf eine harte Probe stellte.

Da ist zum einen Maike, die im Dezember 1972 geboren wurde und mit ihrem Ehemann sowie zwei Töchtern in einer nordrhein-westfälischen Stadt lebt. Sie traf im Jahre 2001 auf Jan, der im März 1963 zur Welt kam, ebenfalls verheiratet ist, drei Söhne hat und in Hessen wohnt.

Diese Begegnung veränderte beider Leben. Schon nach kurzer Zeit ereigneten sich Dinge, die sie niemals für möglich gehalten hätten. Neben ähnlichen häufig auftretenden Situationen erfuhren sie Telepathie in höchstem Maß und mussten Gefühle durchleben, die sie bislang nicht kannten und nur mit den Worten »Himmel und Hölle« zu beschreiben sind.

Durch ständig zu Tage tretende Kuriositäten befassten sie sich im Laufe der Zeit näher mit dieser Seite des Lebens, suchten nach Erklärungen, blickten tiefer in die spirituelle Welt, sprachen Personen sowie Astrologen aus esoterischen Bereichen an und dachten über eine Rückführung in frühere Leben nach.

Eines Tages gelangte Maike zu der Meinung, dass man das Erlebte anderen Menschen weitergeben sollte.

Viele fragen sich womöglich, ob es so etwas wie Schicksal gibt und was geschieht, wenn man plötzlich einer »verwandten Seele« begegnet, in diesem Fall wohl der »Dualseele«, kennen aber die Antwort nicht darauf. Exakte Antworten wird man auch hier sicherlich nicht finden, das kann nur der Glaube eines jeden Einzelnen erreichen; aber die Erfahrung von Maike und Jan verschafft eventuell einen kleinen Einblick in das Gefühlschaos, das durch eine solche Begegnung ausgelöst werden kann. Menschen mit ähnlichen Erlebnissen dürften sich hier wiederfinden.

Wie alles begann …

Im Herbst 2001 trafen Maike und Jan bei einem Nebenjob im Bereich der Lottovermarktung, den sie über das Internet bekommen hatten, erstmalig aufeinander. Sofort entstand eine große Vertrautheit, obwohl sie sich eigentlich gar nicht kannten, sich weder zuvor gesehen noch miteinander telefoniert hatten. Maike spürte, dass Jan mit ihr arbeiten würde, was dann auch so eintraf.

Sie schrieben sich die erste E-Mail, in der es vorerst nur um den Nebenjob ging. Schon da kam in ihnen das Gefühl auf, sich irgendwoher zu kennen; dieses enorme Vertrauen wunderte beide sehr. Sie schrieben sich Dinge, die keiner von ihnen einer anderen Person so schnell anvertraut hätte, geschweige denn einer fremden Person im Internet – aber hier war alles anders.

Jan erzählte Maike, ohne zu zögern, von seinem Alkoholproblem und dem damit verbundenen Autounfall. Ihm sei für eine Weile der Führerschein entzogen worden, und seit langer Zeit, so sagte er, habe er keinen Tropfen Alkohol mehr angerührt und es mithilfe einer Gruppe geschafft, bisher keinen Rückfall zu erleiden.

Auch Maike übermannte das starke Verlangen, Jan von einem länger zurückliegenden Ereignis zu berichten, ihrem Suizidversuch nämlich, nachdem sich ihr erster Freund mit Autoabgasen vergiftet hatte. Maike war damals fünfzehn Jahre alt, als sie ihn kennen lernte, und hatte mit ihm dreieinhalb Jahre eine Beziehung geführt. Über dieses Thema sprach sie sonst mit niemandem, warum sie es Jan erzählte, konnte sie nicht begreifen.

Infolge seines Führerscheinentzugs und anderer Umstände bekamen beide erst nach einem Jahr die Möglichkeit, sich persönlich zu begegnen. Doch von Anfang an bestand über die elektronische Post eine Freundschaft, die sie nirgends sonst so erlebt hatten. Es handelte sich um ein regelrechtes Verlangen nacheinander, weit entfernt zum Beispiel von der bekannten Internetsucht; auch die Gefühle waren völlig anders und mit einfachen Worten nicht auszudrücken. Es hatte etwas von Magie.

All das war noch nachvollziehbar, doch im Laufe der Zeit stellten Maike und Jan fest, dass sie den gleichen Drucker und die gleiche Software besaßen, sehr gerne Kreuzworträtsel lösen, die gleiche Mofamarke fuhren und beide eine Lehre nicht zu Ende geführt hatten. Dass außerdem ihre Lieblingsautomarke den gleichen Namen trägt, sie wahnsinnig gerne Tischtennis spielen, das Autofahren eines ihrer größten Hobbys ist, sie ab der siebten Klasse Schulprobleme auf sich nehmen und dadurch eine Ehrenrunde drehen mussten, sie ständig mit dem linken Knie wackeln, sie den Winter und die Berge irrsinnig lieben, fast schon zu häufig die gleiche Musik bevorzugen …, sie hätten die Liste endlos weiterführen können.

Oftmals saßen sie mit weit geöffneten Augen vor ihrem Computer und schafften in gewissen Situationen kaum mehr den Mund zu schließen.

Im Jahre 1988 begann durch die vielen Vereine, denen Jan beigetreten war, sein Alkoholabsturz, und Maike unternahm zu dieser Zeit den Suizidversuch. So erfuhren sie das ganze Jahr über, in dem noch keine persönliche Begegnung stattgefunden hatte, von Dingen aus früheren Zeiten, die sich verblüffend ähnelten.

Aus diesem Grunde und angesichts immer wiederkehrender telepathischer Situationen fiel oft der Satz: *»Wir sind eben Zwillinge!«*

Weder Maike noch Jan dachte aber weiter darüber nach, und so widmeten sie sich wieder dem Beruflichen.

Einige Tage nach der ersten Internetbegegnung ging Maike mit ihrer Familie griechisch essen, während Jan sich die Wartezeit für einen anstehenden Arzttermin in einem kleinen Café vertrieb. Als ihm eine Frage bezüglich ihres Nebenjobs einfiel, rief er kurzerhand Maike auf dem Handy an. Obwohl sie zu mehreren Personen im Internet beruflichen Kontakt pflegten, kam bei keinem anderen während eines Telefonats diese unbeschreibbare Gefühlslage auf.

Weil Jans damaliger Beruf ihm starke Probleme bereitete, vor allem seine Kniegelenke waren sehr angegriffen, bekam er Ende 2001 eine dreiwöchige Kur von seinem Arzt verschrieben. Maike und Jan stellten alles Mögliche auf die Beine, um an einen Laptop zu gelangen, damit sie während dieser Zeit in Verbindung bleiben konnten, was leider nicht funktionierte. Jan hatte so großes Vertrauen, dass er ihr sogar das Passwort zu seinem Internetzugang verriet, so konnte sie ihn stets auf dem Laufenden halten. Kaum war Jan von der dreiwöchigen Kur zurückgekehrt, ging es per Chat mit gleichen Gedanken, Sätzen und Lebenserfahrungen weiter, die sich bis dorthin noch im Rahmen hielten.

Es kriselte in Jans Ehe mehrmals. Während dieser Zeit lernte er eine Türkin kennen, mit der er eine Affäre begann; nach drei Jahren brach diese Beziehung allmählich zusammen, und sein Liebeskummer wuchs so weit, dass er am 6. August 2002 kurz vor einem Suizidversuch stand. Trotz vieler guter Freunde, die er jederzeit hätte kontaktieren können, rief er Maike an. Sie zeigte sich geschockt von Jans Selbstmordandeutungen. Da sie dies damals mit sich selbst durchmachte, wusste sie gleich, dass Jan es ernst meinte und dringend seelische Unterstützung brauchte. Lange Zeit hörte sie ihm zu, redete vernünftig auf ihn ein und versuchte, ihn den ganzen Abend am Computer zu halten. Stunden für Stunden vergingen, bis irgendwann die Müdigkeit siegte.

Die Nacht darauf war die reinste Hölle. Am nächsten Morgen schaltete Maike voll Hoffnung den Computer an. Jans Name tauchte gleich in der so genannten »Buddyliste« auf, aus der man ersehen kann, wer gerade online ist. Ihr fiel ein riesiger Stein vom Herzen. Sie redeten noch sehr viel und Maike holte Jan Gott sei Dank mit Erfolg allmählich wieder auf den Boden der Tatsachen zurück.

Auch der 22. August 2002 sollte ihnen in Erinnerung bleiben. Jan bekam seinen lang ersehnten Führerschein zurück, während sich Maike von ihrer Hündin trennen musste, da ihre älteste Tochter im Laufe der Zeit eine Allergie gegen Hundehaare entwickelt hatte. Irgendwie half ihr Jans Zurückerhalten des Führerscheins über den Verlust hinweg, da sie nun endlich auf ein persönliches Treffen hoffen konnten.

Am darauf folgenden Tag fuhr Maike mit ihrer Familie zwei Wochen an die belgische Nordseeküste. Ab und zu schrieben Jan und sie sich eine SMS, um in Kontakt zu bleiben, und Jan konnte diesmal Maike beruflich informieren. Nach der ersten Urlaubswoche erwachte Maike nachts um halb drei, ohne die leiseste Ahnung zu haben, warum. Sie stand auf und kramte instinktiv ihr Handy aus der Schublade, denn das Verlangen danach, Jan eine Mitteilung zu schreiben, war so stark wie ein Magnet. Sie rechnete aber nicht damit, dass er wach sein, geschweige denn um diese Uhrzeit antworten würde. Nur Sekunden später vibrierte ihr Handy. Genau wie Maike hatte Jan nachts um diese Zeit wach gelegen, mit seinem Handy herumgespielt und völlig verdutzt geantwortet. Sie verstanden gar nichts mehr.

Die erste persönliche Begegnung

Als Maike aus dem Urlaub zurückgekehrt war, näherte sich der Tag, dem sie ein ganzes Jahr entgegengefiebert hatten. Sie vereinbarten einen Termin und einen Treffpunkt, zu dem auch Maikes Ehemann und die beiden Töchter mitkommen sollten. Ihre Angst vor diesem Tag war enorm, keiner wusste so recht den Grund. Doch der 28. September 2002 rückte näher, und es folgte der erste persönliche Kontakt, der ein unerklärbares Gefühl in ihnen auslöste.

Sie konnten der magischen Anziehungskraft ihrer Augen kaum standhalten, versuchten dies aber zu umspielen, indem Maike Jan, der sich noch immer mit seiner unglückseligen Affäre herumplagte, den Inhalt aus einem Überraschungsei zusammenbauen ließ. Des Weiteren kam das Thema Versicherung zwischen Maikes Ehemann und ihm auf.

Als es spät wurde und Jan gehen musste, sahen sich beide noch einmal tief in die Augen. In diesem Augenblick erkannten sie sich auf unerklärliche Weise selbst darin wieder, als hätten sie sich ohne Worte mitgeteilt: *»Willkommen zuhause!«*

Während des Abschieds per Handschlag überkam die beiden das Gefühl, sich selbst zu spüren. Jan, kaum fähig zu gehen, klebte beinahe magnetisch am Boden fest, während Maike ihm auf telepathische Weise mitteilte: *»Geh nicht!«* Sie lasen gegenseitig die Gedanken in ihren Augen, darüber hinaus spürten beide einen merkwürdigen, nie gekannten Trennungsschmerz.

Dieses Gefühl, das absolut nicht mit üblichen Verliebtheitsgefühlen zu vergleichen war, begriffen sie nicht; sie wussten einfach, dass sie sich schon lange Zeit kennen würden, und fühlten sich in manchen Momenten als eine Person. Selbst Raum und Zeit wurden bedeutungslos, und keiner verstand mehr, was mit ihnen geschah.

Die Verwirrung sollte an diesem Abend kein Ende nehmen, Maike rechnete nicht mehr damit, dass Jan sich überhaupt noch einmal in das Internet begab. Daher war sie nur ganz kurz online, sah ihr Postfach durch, ging auf Verbindung beenden und wollte schon ins Bett gehen.

Da der 28. September 2002 auf einen Samstag fiel und beide beruflich bedingt Samstagslotto spielten, wollten sie die Zahlen in Erfahrung bringen. Um kurz vor halb elf überkam Maike der Gedanke, noch einmal danach zu sehen, fuhr also ihren Computer wieder hoch und ging online. In diesem Augenblick wollte sie ihren Augen nicht trauen, denn Jan tauchte mit ihr auf die Sekunde genau in der »Buddyliste« auf. Wie schockiert auch er nun vor seinem Computer saß, als er ihren Namen sah, wusste sie genau. Schlafen war nun nicht mehr möglich, und so begann ein Chat, der wohl der längste werden sollte, den sie in der ganzen Zeit an einem Stück geschrieben hatten; er fing um halb elf abends an und endete am nächsten Morgen gegen sechs Uhr in der Früh.

Um die Gefühlslage dieses Tages von Maike und Jan einmal zu umschreiben, wurde ein kleiner Teil ihres Chats, den sie glücklicherweise kopierten, ebenfalls mit in diese Geschichte eingebunden:

Maike: »Meine Güte, was bin ich denn heute so voller

Verwirrtheitsgefühle? Ich versteht das nicht! Versteh! Bin so was von durch den Wind!«

Jan: »Wieder genau das, was ich auch meinte mit dem Tag heute!«

Maike: »Das war doch kein Treffen aus einer Kontaktanzeige!«

Jan: »Lach!«

Maike: »Wenn Maike noch nicht einmal mehr richtig schreiben kann, ist sie wirklich durch den Wind! Es ist so etwas ganz Neues, was ich noch gar nicht kannte. Und ich bin heilfroh, dass es Dir genauso geht!«

Jan: »Ich hab das alles noch gar nicht verarbeitet und ich werde das auch morgen nicht verarbeitet haben.«

Maike: »Ich auch nicht, Jan, ich auch nicht.«

Jan: »Und übermorgen auch noch nicht!«

Maike: »Zumal ich Dir nicht beschreiben kann, wie es mir gerade geht, ich kann es einfach nicht!«

Jan: »Musst Du auch nicht, ich weiß es nämlich!«

Maike: »Das war zu viel für mich.«

Jan: »Weißt Du, wer eben gesagt hat, dass heute nicht mehr geheult wird?«

Maike: »Du!«

Jan: »Vergiss den Satz! Denn nun kullern sie bei mir.«

Maike: »Soll ich Dir noch was sagen?«

Jan: »Ja.«

Maike: »Mir geht es seit circa einer Viertelstunde nicht anders. Keiner würde uns verstehen, wie auch, tun wir ja selbst nicht einmal!«

Jan: »Also versuchen wir auch gar nicht erst, irgendwas zu erklären, würde eh nichts bringen.«

Maike: »Meine Güte, was schreibe ich für einen Mist zusammen!«

Jan: »Hier sitzt jemand, der kann das sehr gut verstehen, was Du schreibst.«

Maike: »Ich bin mir aber ganz sicher, dass Jani das versteht!«

Maike: »Das gibt es doch nicht Jan, oder?«

Jan: »Weil der hier überhaupt nicht klar denkt im Moment.«

Maike: »Das ist doch schon nicht mehr normal mit unserer Gleichdenkerei!«

Jan: »Das dürfte es normal nicht geben.«

Maike: »Klar denken? Was ist das?«

Jan: »Aber bei uns glaube ich doch schon lange nicht mehr an das Normale.«

Maike: »Kannst Du mir mal sagen, wie ich heute Nacht schlafen soll?«

Jan: »Kann ich Dir nicht sagen, weil ich es doch selbst nicht weiß. Wie gesagt, an das Normale brauchen wir nicht denken.«

Maike: »Alles ist so komisch im Moment.«

Jan: »Weil es so neu ist, ist es komisch.«

Maike: »Meine Hände zittern, das gibt es doch nicht, das ist nicht normal. Jan, was ist denn bloß los mit mir? Also so wie heute war ich schon lange nicht mehr durch den Wind.«

Jan: »Ich auch nicht. Das sehen wir ja allein schon daran, wenn wir auf die Uhr schauen.«

Maike: »Wir sind ja nicht verknallt oder so, fühlen uns aber trotz allem so merkwürdig. Was ist das für ein neues ganz komisches total anderes kaum aushaltbares Gefühl, was ich bisher nicht kannte? Jani, ich bin total neben der Spur, als hätte ich Drogen genommen.«

Jan: »Wie sehr ich neben der Spur bin, sehe ich, wenn ich neben mir in den Aschenbecher schaue.«

Maike: »Und ich bin, seitdem Du vorhin gefahren bist, total durcheinander.«

Jan: »Wenn ich so viel rauche, ist es im Kopf völlig durcheinander.«

Maike: »Was ist das für ein Gefühl zwischen uns beiden, wie nennt man das? Es ist ja keine Liebe, wie man sie kennt, das könnte man sich ja vielleicht noch erklären, aber das, was da heute passierte zwischen uns, das ist so anders, ich kann das nicht ausdrücken, dafür fehlen mir die Worte. Was ist das bloß für ein kurioses Gefühl?«

Jan: »Total durcheinander!«

Maike: »Ich kriege es nicht auf die Reihe.«

Jan: »Ich kann es Dir nicht sagen. Und genau das ist es ja. Schau Dir das doch noch einmal an, was wir geschrieben haben!«

Maike: »Hast du den kompletten Chat noch?«

Jan: »Ja!«

Maike: »Kannst Du mir das mal per Mail rüberschicken? Ich möchte das liebend gerne aufheben.«

Maike und Jan versuchten zu verstehen, was an diesem Tag vor sich ging, aber eine plausible Erklärung fanden sie so schnell nicht.

Telepathische Situationen

Seit ihrem Treffen häuften sich die »Zufälle« enorm. Sie wunderten sich über die gleiche Denkweise, die geschriebenen Sätze im Sekundentakt und fragten sich, wieso meist nur dann Kraft bestand, etwas zu erledigen, wenn der andere auch online war. All dies veranlasste Maike, nach Erklärungen zu suchen. Im Laufe der Zeit stolperte sie über Begriffe wie Telepathie und ähnliche Dinge, aber nichts schien vollständig zuzutreffen. Auf all den durchstöberten Internetseiten stand nur ein geringer Bruchteil des Erlebten. Nun, wie sollte sie auch nach etwas suchen, was sie selbst nicht einmal verstand?

Nach einiger Zeit hielt sie es für richtig, diese Dinge ihrem Ehemann zu erklären. Er gab sich zwar die größte Mühe, konnte es aber letzten Endes genauso wenig verstehen und versuchte, irgendwie damit umzugehen.

Maike gab die Suche nach weiteren Erklärungen natürlich nicht auf und stieß irgendwann auf eine Seite, die von Seelenverwandtschaft handelte. Weder Maike noch Jan hatten sich jemals mit diesem Thema beschäftigt. Der Text war schon äußerst passend, aber immer noch nicht das i-Tüpfelchen, was beide dazu veranlasst hätte zu sagen, es träfe den Nagel auf den Kopf. Nun hatte Maike wenigstens einen Anhaltspunkt. Neugierig geworden setzte sie ihre Suche fort, die sie auf eine Homepage mit der Überschrift »Dual-Zwillingsseele« führte. Beim Lesen stockte ihr der Atem, denn sie hätten den Text beinahe selbst schreiben können. Er war so zutreffend und wirkte fast unheimlich.

Die Gefühle, welche in diesen Momenten bei beiden in Wallung gebracht wurden, konnten sie nur unzureichend beschreiben. Auf jeden Fall waren sie verbunden mit einem Gefühl der äußeren Kälte und inneren Hitze, mit eiskalten Händen, einem glühenden Gesicht und ziemlich starken Schluckbeschwerden. Seitdem Maike tiefer in die Materie des Universums blickte, kam eins zum anderen.

Eines Tages fuhr sie zum Kindergarten, um ihre beiden Töchter abzuholen. Um Punkt zwölf Uhr fünfzehn schaltete sie das Autoradio ein, fuhr los und hörte plötzlich einen Song, den sie mit einem berühmten Sänger in Verbindung brachte. In diesem Moment ging ihr durch den Kopf, sich diesen daheim herunterzuladen. Als sie sich an den PC begab, war auch Jan in der »Buddyliste« zu sehen. Eigentlich belanglos, ihm das zu schreiben, dennoch tat sie es und nannte ihm auch die Uhrzeit. Es folgte ein fassungslos schauendes »Smiley« und längere Zeit keine weitere Reaktion. Auf Maikes Frage, was los sei, antwortete Jan Folgendes: »*Ich bin gerade fast vom Stuhl gekippt, denn meine Kinder, die haben ja Ferien, sahen sich einen Film an. Um Punkt zwölf Uhr fünfzehn lief genau dieses Lied bei uns auf dem Video.*«

Ein paar Tage später stand das nächste Treffen an. Maike hatte ihrer Mutter zum fünfzigsten Geburtstag versprochen, Einladungskarten zu drucken, kam aber mit der Ausrichtung der Bilder und des Textes nicht zurecht. Da kein anderer ihr in der Richtung helfen konnte, fragte sie Jan verzweifelt, was sie tun sollte. Sofort stand für ihn fest, zur Unterstützung einmal eben die insgesamt dreihundertzwanzig Kilometer zu fahren.

Als sie sich um die Einladungskarten kümmerten, hielt Maike eine Beispielkarte in der Hand und wollte diese gerade knicken, da sagte Jan zu ihr: »*Knick das mal!*« Verdutzt und ohne Worte sahen sie sich an.

Einige Zeit später fuhr Maike mit Jan zu einem großen Einkaufszentrum, um noch etwas für ihren immer noch nicht hundertprozentig funktionierenden PC zu besorgen. Des Weiteren stand Nikolaus kurz vor der Tür, und so kaufte sie gleich Geschenke ein. Auf dem Weg dorthin sprachen beide über belanglose Themen, ehe eine circa zehnminütige Schweigepause einsetzte. Mit einem Mal sprudelte der gleiche Satz aus ihren Mündern. Jan fiel es in diesem Augenblick sichtlich schwer, sich noch auf die Straße zu konzentrieren, und Maike lief es eiskalt den Rücken hinunter.

Das Nachfolgende ließ Maike und Jan dann völlig aus der Bahn geraten. Sie schrieben sich eine Weile, bis Jan ihr mitteilte, dass ihm irgendwie schlecht sei. Nur wenige Minuten später wurde Maike plötzlich übel und sie musste sich übergeben.

Ende November 2002 erzählte Jan ihr, dass er an diesem Tag unerklärlicherweise eine rote Ampel überfahren, diese nicht wahrgenommen und sich sehr darüber gewundert hätte. Ihr Mann befand sich in dieser Woche auf einem Seminar im Schwarzwald und sie holte ihn gemeinsam mit den Kindern vom Bahnhof ab. Da er sehr hungrig war, fuhren sie zu einem amerikanischen Schnellrestaurant; kaum fuhr Maike aus der Ausfahrt raus, übersah sie eine rote Ampel.

Es verstrichen einige Tage, bis Jan sie erneut besuchte, denn ihr Computer funktionierte immer noch nicht ganz richtig. Ab einem gewissen Zeitpunkt hatte sie das Gefühl, er könnte im Stau stecken, und nahm sich vor, ihn einmal auf dem Handy anzurufen. Gerade als sie den Hörer abnehmen wollte, klingelte das Telefon; es handelte sich um Jan, der ihr sagen wollte, dass er im Stau stünde.

Das war an diesem Tag aber noch nicht alles. Aufgrund der Erlebnisse hatte Maike einen interessanten Film mit dem Thema Seelenverwandtschaft gekauft. Als sie Jan fragte, ob er diesen bei einer Tasse Kaffee auch gerne einmal sehen möchte, zeigte er sich sehr angetan und konnte sich so ein wenig von der strapaziösen Autofahrt erholen. Bevor sie sich den Computer vornahmen, sahen sie gemeinsam den Film und sprachen darüber. In diesem Film geht es unter anderem um ein Buch. Während sie abends mit Maikes Computer beschäftigt waren, schaute ihr Mann im Hintergrund eine sehr bekannte Ratesendung, in der es hunderte von Fragen gab. Doch ausgerechnet an diesem Tag stellte der Moderator der Kandidatin eine Frage nach dem Titel des Buches, das in dem besagten Film eine Rolle spielt.

Jan fuchtelte in diesem Moment ziemlich verwirrt an Maikes Computer herum, während sie mit einem äußerst ungläubigen Blick auf den Fernseher starrte.

Einige Zeit darauf wollte Maike ihm eine Nachricht auf sein Handy senden. Kaum hatte sie ihr eigenes in der Hand, fing es an zu vibrieren. Sichtlich erschrocken öffnete sie die SMS – es war Jan.

Etwas später waren Maike und Jan online mit einem Musikprogramm beschäftigt und spielten sich Lieder auf den Computer. Den ganzen Morgen schon ging es um ihre Lieblingsband. Maikes Traum bestand darin, einmal ein Konzert dieser Band miterleben zu dürfen, doch bislang war er leider kläglich gescheitert. Ihren Mann hatte sie nicht überreden können. Jan ging es wie ihr, auch er träumte von diesem Konzert. So beschlossen sie, gemeinsam hinzufahren. Noch am gleichen Tag hörten sie den neuesten Song der Band und sprachen darüber. Mittags fuhr Maike dann mit ihrer Familie zu einem Steakhaus und nach dem Essen verbrachten sie den restlichen Tag in einer Großstadt am Rheinufer. Auf dem Rückweg überkam Maike auf einmal dieses magische Gefühl und sie schaltete nach einer Weile instinktiv das Autoradio an – siehe da, es begann genau dieser Song.

War das alles? Nein, denn auf dem Rückweg sollte Weiteres folgen. Maike und Jan hatten auf der Homepage im Internet, die über die »Dual-Zwillingsseele« berichtete, zum ersten Mal in ihrem Leben ein Zeichen gesehen: *»Yin und Yang«.*

Als sie nun an die Stelle kamen, an der Jan sich des Öfteren spaßeshalber über Autofahrer mit einem bestimmten Kennzeichen ausließ, weil seines Erachtens nach viele von ihnen »merkwürdiges« Fahrverhalten an den Tag legten, fuhr ein Wagen mit diesem Kennzeichen vor Maike her. Bei genauerem Hinsehen war sie etwas verwirrt, denn an diesem Fahrzeug haftete ein »Yin und Yang«-Aufkleber. Am gleichen Abend erzählte sie Jan im Chat davon und hakte das Thema ab. Doch nur einen einzigen Tag später erzählte Jan ihr, dass er sich die Wiederholung einer Fernsehserie angesehen und seinen Augen nicht mehr getraut habe, als ein Schauspieler an einem Computer saß und im Hintergrund Folgendes zu sehen war: *Der »Yin und Yang«-Aufkleber!*

Zwei Tage später schrieb Jan Maike im Chat, dass er sich kurz mit seinem Auto zur Tankstelle begeben würde, um die angeschlagenen Nerven mit ein paar Süßigkeiten zu beruhigen. Dies schien, wie sich herausstellte, auch vonnöten zu sein, denn wieder daheim angekommen, war er etwas durcheinander. Die Strecke von Jan bis zur Tankstelle ist mit dem Auto in nur ein paar Minuten zurückzulegen. Auf dem Hinweg fuhr ein Auto mit dem Kennzeichen aus Maikes Wohngebiet an ihm vorbei, nicht sonderlich aufregend, wie es scheint, aber wenn dies sowohl auf dem Hin- als auch auf dem Rückweg passiert, und zwar in einem kleinen Dorf mit nicht mehr als tausend Einwohnern, und dazu das eine Fahrzeug beinahe die gleichen Zahlen und Nummern enthielt wie Maikes Fahrzeug, dann war das wohl doch etwas merkwürdig.

Selbstverständlich sollte auch Maike einige Zeit später ein gewisser Moment des Fragens nach der Normalität nicht erspart bleiben. Sie befand sich mit ihrer Familie auf dem Weg nach Köln. Ausgerechnet auf der Höhe der Raststätte, an der Maike und Jan sich zum ersten Mal persönlich begegnet waren, sagte ihr Mann plötzlich zu ihr: *»Schau mal auf die Nummernschilder!«*

Sie tat wie geheißen und sah, dass die beiden hintereinanderfahrenden Fahrzeuge Kennzeichen aus Jans Wohngebiet aufwiesen, nun gut, ebenfalls nichts Besonderes, wenn nicht auf dem Rückweg kurioserweise auch wieder in Höhe der Raststätte ein Auto vor ihnen herfuhr, das Maike auf magische Weise anzog. Das Nummernschild zeigte Jans Geburtstag.

Zwischenzeitlich versuchten beide, sich anhand einiger Spielchen anzulügen oder hereinzulegen, was aber so gut wie nie funktionierte. Sie mussten schon übermenschliche Anstrengungen unternehmen, um ihrem »Seelenspiegelbild« etwas vorzumachen, sie kannten einander besser als sich selbst.

Eines Tages beschäftigten sie sich erneut mit der Homepage der »Dual-Zwillingsseele«, die einen ziemlich umfangreichen Text enthielt. Daher bedurfte es einiger Zeit, den Inhalt geistig aufzunehmen. Es vergingen ganze zehn Minuten, bis Maike und Jan gleichzeitig ihre E-Mail-Fenster öffneten, den gleichen Abschnitt kopierten und sich diesen zusandten. Nach dem Öffnen ihrer Postfächer dauerte es eine Weile, bis sie fähig waren weiterzuschreiben.

Erst Ende des Jahres 2002 kamen sie auf die glorreiche Idee, Beispiele aus den Chats in eine Datei hineinzukopieren, und ärgerten sich sehr darüber, dass sie dies nicht schon viel eher getan hatten. Anfangs hatte jedoch keiner von beiden geahnt, wie das mit den merkwürdigen Übereinstimmungen und den zu diesem Zeitpunkt noch geglaubten »Zufällen« einmal ausarten würde.

Da die Chats eine ganz wichtige Rolle einnehmen und daraus ersichtlich wird, wie sich ihre gleiche Weise zu denken und zu handeln äußerte, werden sie im Folgenden einen Hauptbestandteil ausmachen. Durch fehlerhafte Interneteinstellungen, die ab und an auftraten, ist nicht überall die Uhrzeit enthalten, aber aus der Logik heraus ergibt sich, dass die Sätze immer exakt zur gleichen Sekunde in ihrem jeweiligen Chat standen.

Anfang Dezember sprachen sie über das »Yin-und-Yang-Zeichen«, dem damit verbundenen Aufkleber auf dem Auto, das vor Maike herfuhr, und die Fernsehsendung, in der Jan einen Tag später ebenfalls dieses Zeichen sah.

Maike [22:52]: »Das Zeichen hab ich vorher nie gesehen.«

Jan [22:52]: »Das hab ich doch NIE vorher irgendwo im Fernsehen gesehen.«

Ohne vom anderen zu wissen, taten sie das Gleiche – sie löschten dieselbe Datei und schrieben noch in der gleichen Sekunde:

Maike [07:55]: »Ich hatte die gerade gelöscht.«

Jan [07:55]: »Ich hab die grad gelöscht.«

Maike sah erstaunt in ihren Chat und Jan musste sich erst einmal eine Zigarette anzünden.

Eines Tages besuchte Jan wieder einmal Maike. Sie hatte ein paar Tage zuvor Musik-CDs fertiggestellt, um sie ihm mitzugeben, während Jan ihr die ausgeliehene Computer-CD wieder zurückgeben wollte. Den ganzen Tag ließen sie nicht ein einziges Wort darüber verlauten und dachten schon gar nicht mehr daran. Nach einer Weile Computerarbeit gingen sie zurück in Richtung Wohnzimmer, da fiel ihr ein, dass sie ja die CDs aus der Küche holen könnte. Zwischenzeitlich verschwand Jan kurz in der Diele, sodass beide sich auf dem Rückweg in die Arme liefen. Nachdem Maike sah, was Jan tat, warf sie ihm einen ungläubigen Blick zu, denn auch er hatte im selben Moment die CD aus seiner Jacke geholt. Kopfschüttelnd gingen sie ins Wohnzimmer.

Als Jan wieder daheim war, begab er sich noch einmal an seinen PC und plauderte mit Maike ein wenig über den Tag. Danach wollten sie schlafen gehen und verabschiedeten sich per Chat, doch plötzlich ging beiden noch eine einzige Sache durch den Kopf, die sich auf den nächsten Morgen bezog:

Jan [21:39]: »Und morgen Früh noch schnell einkaufen fahren.«

Maike [21:39]: »Kann sein, dass wir morgen Früh …«

In diesem Augenblick war Maike unfähig, weiterzuschreiben; sie schlug nur noch die Hände über dem Kopf zusammen, denn sie wollte den Satz wie folgt zu Ende schreiben: »*… noch was einkaufen müssen.*«

Im nächsten Chat dachte Maike, dass sie versuchen sollten, diese Momente vielleicht besser im Schlaf weiterzuverarbeiten. Kaum hatte sie den Gedanken zu Ende gebracht, sah sie, dass Jan absolut mit ihr übereinstimmte.

Jan [22:05]: »Schlafen?????«
Maike [22:05]: »Lass uns …«
Jan [22:05]: »Versuchen?«
Maike [22:05]: »Neeeeeeeeeeeeeiiiiiiiinnnnnnn!«
Jan [22:05]: »Bumm, ich fall vom Stuhl!«
Maike [22:05]: »… versuchen zu schlafen …«
Maike [22:05]: »… wollte …«
Maike [22:06]: »… ich …«
Maike [22:06]: » schrei …«
Maike [22:06]: »… ben.«
Maike [22:06]: »Booooarrrr neeeeeeeee Jan! Was passiert hier?«
Jan [22:06]: »Ich sage es Dir, wenn ich es weiß! Also sage ich es Dir nie!«

Einen Tag vor Maikes dreißigstem Geburtstag, zu dem auch Jan eingeladen war, öffneten sie die gleiche Homepage, um sich nach den Wetterverhältnissen zu erkundigen, ohne ansatzweise zu ahnen, dass der andere dies auch gerade tat; erst dann kamen sie auf das Thema Wetter zu sprechen. Als sie Jan die Gradzahlen mitteilte, hatte er sie schon vor sich.

Maike [08:14]: »Bei euch 3 Grad, bei uns 6. Ihr Wetterdienst!«

Jan [08:15]: »Ich fasse es nicht!«

Maike [08:15]: »Und Regen. Was ist?«

Jan [08:15]: »Woher hast Du das gewusst?«

Maike [08:15]: »???«

Maike [08:16]: »Jetzt sag bitte nicht, Du wolltest auch nach dem Wetter gucken?!«

Maike [08:16]: »Neeee Jan! Bitte nicht!«

Jan [08:16]: »Ich GUCKE nach dem Wetter.«

Maike [08:17]: »Ich fall um!«

Maike [08:17]: »Jetzt erst oder vorher schon?«

Jan [08:17]: »In Düsseldorf Windgeschwindigkeit 26 km/h!«

Jan [08:17]: »VORHER schon.«

Maike [08:17]: »Neeeeeeee, ne?«

Jan [08:18]: »Doch! Ich hatte in der Übersicht schon auf Köln geklickt.«

Auf Maikes Geburtstag sollte sich für sie aber noch eine weitere Überraschung herausstellen. Jan hatte ursprünglich vorgehabt, ihr ein Parfüm zu schenken, und ging einen Tag vor dem Ereignis mit diesen Gedanken los. Als er dann aber an einem Uhrengeschäft vorbeikam, wurde er magisch angezogen, sofort stand für ihn fest, ihr eine Uhr zu schenken. Er sollte damit genau Maikes Geschmack treffen. Auch dass ihre alte Uhr defekt war, hatte sie nie zuvor erwähnt. Ferner kommt normalerweise bei jeder Uhr, die Nickel enthält, ihre Allergie zum Vorschein, doch diese Uhr trägt Maike seit dem Jahre 2002, hat keinerlei Schwierigkeiten und musste – eigenartigerweise – bisher (Ende 2006) nicht ein einziges Mal die Batterie wechseln.

In der Nacht vom 17. auf den 18. Dezember 2002 ereilte Maike ein Traum, von dem sie Jan eigentlich berichten wollte, konnte ihn aber nicht mehr richtig zusammenlegen. Das Einzige, was sie behalten hatte, war, dass Jans Ehefrau und seine Kinder eine Rolle darin spielten. Diese Belanglosigkeit erzählte sie ihm daher auch nicht. Am gleichen Tag zur Mittagszeit schrieb ihr Jan, dass er ziemlich müde sei und sich jetzt ein wenig aufs Sofa legen würde. Ungefähr zwei Stunden vergingen, bis sie sich wieder an den Computer begaben, was dann kam, war die absolute Krönung, denn seine Sätze lauteten: *»Stell Dir vor, ich bin richtig eingeschlafen und habe geträumt, es war ein Traum, in dem Dein Ehemann und Deine Kinder drin vorkamen, aber die Einzelheiten, die weiß ich jetzt nicht mehr.«*

Wie benommen saß Maike nun vor dem Bildschirm, las den Satz mindestens zehnmal, um sich zu vergewissern, ob sie wieder träumte oder dies wirklich da stand. Nachdem sie sich etwas beruhigt hatte, kam bei ihnen das Thema Musik noch einmal auf. Während des Gesprächs ergab sich, dass sie vor etlichen Jahren Konzerte der gleichen Sänger beziehungsweise Bands besucht hatten, des Weiteren trotz ihres knapp zehnjährigen Altersunterschieds in vielen Richtungen den Musikgeschmack teilten und immer bestimmte Lieblingslieder hörten, die mit bedeutsamen Dingen in Verbindung standen. Als sie sich über einen dieser Songs unterhielten, sagten beide plötzlich …

Jan: »Den Film fand ich doof, aber die Musik war super.«

Maike: »Den Film habe ich nicht gesehen, aber ich besitze die CD.«

Fast den ganzen Tag lang ging es nur um Musik. Unter anderem fielen auch die Namen einer Band und eines Sängers. Dadurch wurde Jan an eine Erfahrung in seiner Jugendzeit erinnert, und er verspürte das Bedürfnis, Maike davon zu berichten. Erst wusste sie gar nicht, warum in dem Moment wieder dieses merkwürdige Gefühl in ihr hochstieg, doch nach längerer Überlegung ging ihr durch den Kopf, die alten Kartons, in denen sie Allerlei aus früheren Zeiten aufbewahrte, einmal auszupacken. Vielleicht hätte sie das besser bleiben lassen sollen, denn ihr fielen zwei »Mini-CDs« in die Hände, die ein besonderes Geschenk von ihrem ersten Freund gewesen waren. Jede CD enthielt vier Lieder – bei zwei von ihnen handelte es sich genau um jene, von denen Jan zuvor gesprochen hatte.

Eine Weile danach füllte sich das Gefühlschaos erneut. Nach wie vor ließ sie die Musik nicht los, telefonierten daraufhin miteinander und wühlten währenddessen ihre CDs durch. Noch in die Unterhaltung vertieft spielte Jan ihr einen Song vor. Ihr fiel fast der Hörer aus der Hand, denn sie hatte zur gleichen Zeit in weit über fünfzig CDs gekramt und eine einzige aus der Kiste genommen, worauf der erste Song derjenige war, den Jan gerade abspielte. Damit sie auch ja nicht an Zufall glauben sollten, passierte es – noch während des gleichen Telefonats – erneut. Während Jan ihr gerade begeisternd von einem Song erzählte, den eine seiner CDs enthielt, wurde sie kreidebleich, denn in diesem Augenblick hielt sie genau die CD des Sängers in der Hand, auf dem dieser Song drauf war; und ließ sie beinahe vor Schreck fallen. Sie fragte Jan, ob er sitzen würde, legte die CD ein und spielte ihm den Song vor. Es dauerte mindestens zwei Minuten, bis er wieder etwas sagen konnte.

Als sie ihre Kommunikation später im Chat fortsetzten, stellten sie einen weiteren gemeinsamen Lieblingssong fest. Noch während der Unterhaltung spielten sie gleichzeitig diesen Song auf ihren Computer, ohne dass der andere bis zu diesem Zeitpunkt davon wusste.

Jan [19:43]: »Und ich lade mir das runter, weil ich die CD nicht finde.«

Maike [19:43]: »Ich lade mir das jetzt trotzdem gerade mal runter …«

Maike [19:44]: »… weil ich nur …«

Maike [19:44]: »… die …«

Maike [19:44]: »… zweite …«

Maike [19:44]: »… CD …«

Maike [19:44]: »… finde.«

Maike [19:44]: »Bumm!«

Jan [19:44]: »Das gibt es nicht!«

Am nächsten Morgen riefen sie sich den Sänger noch einmal in Erinnerung. Jan erzählte Maike, dass er das neue Lied von ihm im Radio gehört hätte. Daraufhin unterhielten sie sich über eine bestimmte CD, die er sich damals gekauft hatte – auch Maike besaß eine CD dieses Sängers –, wusste aber nicht mehr genau, welches Album. Wie verrückt suchten sie danach, fanden es leider nicht und gaben die Suche wieder auf. Schön und gut! Nur einen Tag später räumte Jan seinen Schreibtisch auf und Maike tat – wie fast zu erwarten war – das Gleiche. Sie sortierte die Musik-CDs in ihrem Wohnzimmerschrank, drehte die Fernsehablage zur Seite, und es kamen ein paar ziemlich alte Schallplatten zum Vorschein, die längst in Vergessenheit geraten waren. Als diese umstürzten, fiel eine Platte in ihre Hände, was sie beinahe aus den Latschen kippen ließ – es handelte sich um das Album, wonach beide einen Tag zuvor gesucht hatten.

Am nächsten Tag lud Jan sich noch ein paar Songs aus dem Internet herunter, während Maike zur gleichen Zeit ein Hintergrundbild für ihren Computer heraussuchte. Kaum hatte sie auf »Abspeichern« geklickt, war das Fenster ihres Anbieters verschwunden und auf dem Bildschirm erschien »Dialer-Installation«. Ihr erster Gedanke war natürlich, dass sie sich womöglich einen Computervirus eingefangen haben könnte. Ängstlich, aber dennoch ruhigen Gemüts versuchte sie eine Lösung für ihr Problem zu finden. Glücklicherweise stoppte das Programm kurz vor dem Ende, aber der Internetzugang funktionierte nun nicht mehr. Da nahm sie sich vor, Jan telefonisch um Hilfe zu bitten. Auf dem Weg zum Telefon wurde sie von ihrer jüngeren Tochter aufgehalten. Noch mit ihr beschäftigt klingelte das Telefon. Maike beeilte sich, nahm den Hörer ab und war sprachlos, denn Jan teilte ihr Folgendes mit: *»Ich komm nicht mehr ins*

Internet, hab mir drei Viren eingefangen, und hier ging plötzlich nichts mehr!« Erst dachte sie, dass sie ihn vielleicht falsch verstanden hätte; daher fragte sie mehrfach nach, bevor ihr bewusst wurde, was er da von sich gab. Nachdem alles wieder lief, konnten sie den üblichen Gesichtsausdruck gleich beibehalten …

Maike [16:58]: »Ab morgen, gelle?«
Jan [16:58]: »Die hab ich erst ab …«
Jan [16:59]: »Schon gut!«

Während eines Telefonats einige Tage zuvor hatten sie bemerkt, dass sie auch von einem anderen Sänger ein bestimmtes Lied gerne mochten. Als Maike sah, dass die zweite Seite der vor ihr liegenden Doppel-CD dieses Lied beinhaltete, öffnete sie die Hülle, um sich den Song anzuhören. Sichtlich enttäuscht musste sie feststellen, dass nur die erste CD vorhanden war. Da sie dieses Album schon Ewigkeiten nicht mehr in ihren Händen gehalten hatte, zerbrach sie sich den Kopf, wo die zweite CD bloß stecken könnte, fand sie aber letzten Endes nicht. Nur einen Tag später suchte ihr Mann nach einem Wecker und fragte Maike, ob sie ihn vielleicht irgendwo gesehen hätte, was sie verneinte. Daraufhin half sie ihm bei der Suche und zog instinktiv die Schublade einer Kommode auf. Entgegen kam ihr allerdings nicht der Wecker, sondern die zweite Hälfte der Doppel-CD mit ihrem Lieblingssong. Kopfschüttelnd saß sie am Bettrand, starrte eine Weile auf die CD und fragte sich, ob das alles noch normal war.

Eines Tages half Jan ihr bei handwerklichen Dingen, die sie nicht allein bewerkstelligen konnte. Da ihr Mann arbeiten musste und die Weihnachtsgeschenke immer noch nicht besorgt waren, hatten sich Maike und Jan dazu entschlossen, das gemeinsam zu erledigen. Aber selbst der Einkauf geriet zum Erlebnis, was kaum ein Mensch nachvollziehen kann, der es so nicht erlebt hat.

Bereits vor diesem Einkauf fingen die Seltsamkeiten an. Maike hatte ihre beiden Töchter vom Kindergarten abgeholt und befand sich auf dem Heimweg. Komischerweise zog sie das vor ihr fahrende Auto so in ihren Bann, dass sie auf das Kennzeichen sah, was ihr irgendwie bekannt vorkam. Es war das Gleiche, was sie selbst besaß, nur eine Zahl war anders. Auch der Hersteller sowie die Farbe glichen sich. Zuhause erzählte Maike ihrem Mann von dem ungewöhnlichen Vorfall und fand es doch recht witzig, aber dann geriet dies erst einmal in Vergessenheit; bis zu dem Tag, an dem Maike und Jan sich auf dem Weg zum Spielzeuggeschäft befanden und Jan ihr auf einmal sagte: »*Vorhin hab ich einen Wagen gesehen, ich dachte zuerst, ich hätte mich verlesen, der hatte folgendes Nummernschild …*«

Nun lagen ihre Nerven völlig blank. Da fuhr Jan hundertundsechzig Kilometer zu Maike und nannte ihr das gleiche Nummernschild, das sie einige Zeit zuvor am Kindergarten gesehen hatte.

Sie verstand gar nichts mehr und erwiderte: »*Sag jetzt nichts weiter, der Wagen hatte die Farbe Silber metallic, es war ein kleiner Van!*«

Nachdem Maike ihm auch noch den Hersteller und die Marke genannt hatte, fiel es Jan in diesem Augenblick sichtlich schwer, sich noch auf das Autofahren zu konzentrieren. Hatte sie ihn wohl mit ihrer Gegenantwort etwas durcheinandergebracht?

Im Parkhaus des Spielzeuggeschäfts angekommen unterhielten sie sich über die damalige Schulzeit. Jan berichtete, dass er seine Chemielehrerin des Öfteren geärgert hätte, weil er sie nicht sonderlich nett fand. Wiederholt sah Maike ihn erstaunt an, denn auch sie war ebenfalls im siebten Schuljahr mit ihrer Chemielehrerin nicht zurechtgekommen und hatte sie einst im Unterricht fotografiert; das Foto besitzt sie heute noch.

Nachdem sie ausgestiegen waren, fragte Jan, ob Maike eine bestimmte Vorstellung hätte, was die Kinder gebrauchen könnten. Sie ließ ihn wissen, dass sie sich eine Carrerabahn und ein Parkhaus wünschten. Dann spazierten sie durch die entsprechende Reihe, kamen aber wieder davon ab, weil sie entweder zu hohe Preise hatten oder das angegebene Alter mit dem ihrer Kinder nicht übereinstimmte. Daraufhin fragte Maike eine Angestellte, ob sie in diesem Geschäft Parkhäuser führen würden, die sich für Kinder ab einem Alter von drei Jahren eigneten. Die Verkäuferin zeigte ihnen aber nur eine überteuerte Marke, mit der Maike nichts anfangen konnte. Anscheinend war das ihr erster Arbeitstag. Als beide in diesem riesigen Spielzeuggeschäft – wie von Magie – plötzlich in die gleiche Richtung stolzierten und vor einer Angebotspalette stehen blieben, siegte die Sprachlosigkeit – dort befanden sich ein Parkhaus und eine Carrerabahn für genau die richtige Altersklasse. Entgeistert sahen sie sich an, keiner von ihnen bekam mehr den Mund zu. Nach einem weiteren Rundgang blieben sie vor einem Angelspiel stehen. Jan erzählte ihr so nebenbei, dass er ein Ähnliches zuhause hätte, aber die Hälfte darin fehlen würde. Nun fand sie bald wirklich keine Worte mehr, denn sie hatte immer vorgehabt, ein Neues zu kaufen, weil in ihrem ebenfalls die Hälfte fehlte.

Auf dem Weg zur Kasse packte Jan Maike auf einmal am Arm und drängte sie sachte in den nächsten Gang. Er schien irgendwie das Gedankenlesen testen zu wollen und sagte ihr, sie solle sich einmal dort umschauen, ob sie das auch gerne machen würde wie er, verriet ihr aber nicht, was ihm durch den Kopf ging. Der ganze Gang war vollgepackt mit sportlichem Material. Sie hätte eine irrsinnige Auswahl gehabt, auf alle möglichen Dinge zu zeigen, aber ihre Intuition ging prompt Richtung Tischtennisschläger.

Jans Antwort lautete: *»Ich hätte gar nicht zu fragen brauchen, ich wusste es doch!«*

Ziemlich neben der Rolle von all diesen Momenten gingen sie mitsamt Parkhaus und Carrerabahn schweigend zur Kasse. Auf dem Weg dorthin geisterte Maike noch ein einziges Wort im Kopf herum, aber auch in diesem Fall war sie nicht die Einzige. Sie sahen sich kurz in die Augen, und es kam gemeinsam ein lang gezogenes *»Boooooooooooaaaaaaaarrrrrrrrrrrrrrrrrr!«*

Nun war es ganz vorbei. Jan lehnte sich – nervlich am Ende – an ein Regal, und Maike musste sich direkt hinknien, weil sie kaum noch fähig war zu stehen. Sie befanden sich zwar »nur« in einem Spielzeuggeschäft, aber das war der – aus seelischer Sicht gesehen – bisher heftigste Einkaufstrip, den sie je erlebt hatten.

Auch auf der Rückfahrt wurde es nicht langweilig, so gab der Kühler in Jans Fahrzeug allmählich seinen Geist auf und wurde heiß. An der Ausfahrt schaute er nach, suchte einen Schraubenzieher und öffnete das Handschuhfach;

entgegen kam ihm aber kein passendes Werkzeug, sondern der Lotto-Kugelschreiber ihres damaligen Nebenjobs, den er Monate nicht in die Hand genommen hatte. In diesem Moment schoss Maike durch den Kopf, dass auch bei ihr der sehr lange Zeit verschwundene Lotto-Kugelschreiber ausgerechnet an diesem Morgen beim Aufräumen der Küchenschublade wieder aufgetaucht war.

Endlich bei ihr angekommen ließ Jan sein Auto abkühlen. Anschließend überlegten sie, wo man am besten die Geschenke für Maikes Kinder verstecken könnte. Jans Blick ging unter das Sofa, während sie in der gleichen Sekunde aussprach: *»Unter dem Sofa.«*

An diesem Nachmittag kam das Thema Schule noch einmal auf. Jan erzählte Maike, dass er in der siebten Klasse eine Lehrerin gehabt hätte, die nur geärgert worden sei, weil sie so merkwürdig ausgesehen und sich sehr blöd benommen habe. Als er ihr den Namen nannte, prustete sie ihren Kakao, den sie gerade trank, halb über den Tisch und sah Jan mit ungläubigem Blick an, denn sie dachte an eine Schülerin in ihrer siebten Klasse, die aufgrund ihrer Art und ihres Aussehens gehänselt worden war. Jan verstand nicht ganz, was nun in sie gefahren war, aber als sie ihm mitteilte, dass sie den gleichen Namen wie seine damalige Lehrerin getragen hätte, musste auch er höllisch aufpassen, dass sein Kaffee nicht woanders landete als in seinem Mund.

Spätnachmittags fuhr Jan nachhause, ruhte sich etwas aus und begab sich im Anschluss an seinen Computer, um sich mit Maike noch etwas über diesen sonderbaren Tag auszulassen. Er teilte ihr seine Verärgerung über einen Bußgeldbescheid mit, da er innerhalb einer Ortschaft fünfzehn Stundenkilometer zu schnell gefahren war; auch darüber wunderte Maike sich sehr. Denn nur zwei Tage zuvor wurde sie in einer Fünfziger-Zone von der Polizei angehalten; auch sie war fünfzehn Stundenkilometer zu schnell gewesen.

Der nächste Tag hatte ebenfalls eine heftige Überraschung parat. Maike stöberte bei einem großen Auktionsanbieter in der Rubrik »Carrerabahnen«, weil sie wissen wollte, ob der Preis, den sie im Spielzeuggeschäft bezahlt hatte, kulant war. Die Seite mit über hundert Artikeln übersandte sie auch Jan im Chat. Das hätte sie wohl besser nicht tun sollen ...

Maike [17:53]: »Deutschland – Suchergebnis (Carrerabahn)«

Jan [17:55]: »Fahrbahnlänge: 5,50 m, Gebot: EUR 119, Sofort-Kaufen für EUR 124«

Jan [17:55]: »Ist ja wohl lächerlich!«

Maike [17:55]: »Artikel *** (Endet 21. 12. 2002 19:30:00 MEZ) – NEU & OVP Carrerabahn Profi-Garantie«

Maike [17:55]: »Guck mal, wo ich gerade bin.«

Der angegebene Link von Maike führte genau auf die Seite, auf der Jan sich ebenfalls befand.

Jan [17:55]: »Neeeeeeeeeeee, Maike!«

Maike [17:55]: »Bumm!«

Jan [17:55]: »Das glaub ich jetzt nicht!«

Maike [17:55]: »Ich wollte Dir gerade etwas mitteilen. Du hast es schon getan! Ich wollte sagen, da haben wir ja noch einen richtig guten Kurs gemacht.

Jan [17:56]: »106 Artikel gefunden für Carrerabahn!«

Maike [17:56]: »Dass das ja wohl Wucher wäre.«

Jan [17:56]: »106 Artikel gefunden für Carrerabahn!«
Maike [17:56]: »Ich weiß Jan.«
Jan [17:56]: »106 Artikel gefunden für Carrerabahn!«
Maike [17:57]: »Ich weiß!«
Maike [17:57]: »Noch Fragen???«
Jan [17:57]: »Die Chance, dass wir das Gleiche anklicken, stand bei 1:106!!!«

Nachdem sie sich wieder ein wenig beruhigt hatten, folgte etwa eine Stunde später …

Maike [19:17]: »Wie Du es schon sagtest.«
Jan [19:17]: »Hab ich Dir …«
Jan [19:17]: »… doch schon gesagt.«

In dieser Nacht schliefen sie sehr unruhig, dachten aber noch immer, dass es mit den Ereignissen sicher nicht endlos so weitergehen würde. Als sie am nächsten Morgen online gingen, wurden sie sofort eines Besseren belehrt.

Maike [09:12]: »Lassen wir es mal lieber sein.«
Jan [09:12]: »Das lassen wir mal lieber …«
Jan [09:12]: »… sein.«

Es war bereits Silvester 2002, als sie mehrere Stunden nicht mehr über die Bratwurst – die Jan traditionsgemäß jedes Jahr besorgte – sprachen und siehe da …

Maike: »Hast Du die Bratwurst bekommen?«
Jan: »Gleich kommt der Metzger mit der wahnsinnigen Silvester…«
Jan: »…bratwurst!«
Jan: »IRGENDWELCHE Fragen?«
Maike: »Ja! Was soll das alles?«
Jan: »Wenn ich das mal genau wüsste, Maike!«

Einige Tage später kamen sie auf einen verstorbenen Mitarbeiter von Maike zu sprechen, dessen Name merkwürdigerweise ab und zu in der »Buddyliste« auftauchte. Dies verwirrte beide sehr und weckte ihre Neugierde. Als Maike mit der Computermaus auf das Benutzerprofil ging, Jan die Personenangaben per Chat schickte und sah, dass er genau das Gleiche getan hatte, schaute sie mit dem üblichen Blick auf ihren Bildschirm.

Maike: »Ich hab ganz genau das Gleiche getan!
Jan: »Das hält doch keiner mehr aus!«
Maike: »Da gebe ich Dir vollkommen Recht!«
Kurz darauf folgte noch …
Jan: »Steht nix drin.«
Maike: »Steht nix drin.«

Auch am nächsten Morgen, nachdem sie online gegangen waren, sollten ihre Gefühle wohl wieder Achterbahn fahren, denn sie bemerkten, dass sie zeitgleich ihre Computer angeschmissen hatten und ihr Provider sie in derselben Sekunde mit »Willkommen!« begrüßte.

Jan: »Nicht schon wieder!«
Maike: »Wieso?«
Jan: »Ich bin doch gerade eben erst …«
Maike: »Bist Du auch gerade …«

Das war aber noch nicht alles, denn direkt danach erkannten sie, dass sich auch der Grund ihres »Onlinegehens« exakt deckte. Obendrein hatte Maike den Computer nur angeschmissen, um Jan kurz Bescheid zu geben, dass sie duschen gehen würde. Was wollte Jan ihr mitteilen?

Jan: »Wollte Dir gerade schreiben, dass ich jetzt duschen gehe und dann langsam losdüse.«

Maike: »Ich wollte …«
Maike: »Booooaaaar, neeeeeeeeeeeee!«
Jan: »O Mann, ich ahne es!«
Maike: »… Dir gerade schreiben, dass ich jetzt unter die Dusche springe!«
Jan: »Nicht mehr wahr!«

Bevor sie dann aber duschen gingen, setzten sie während ihrer fünfminütigen Unterhaltung noch eins obendrauf …

Maike: »Hätte ich nicht gedacht!«
Jan: »Hätte ich nicht mit gerechnet!«

Mittlerweile war das Jahr 2003 angebrochen, was sowohl bei Maike als auch bei Jan – wen wundert es – krankheitsbedingt nicht gut anfing. Sie steckte sich bei ihren Kindern mit Windpocken an, während er eine schwere Grippe auskurierte. Sofern sie nicht das Bett hüteten, schrieben sie sich im Chat. Als es ihnen ein paar Tage später wieder besser ging, redeten sie über Schlittschuhlaufen, öffneten zur gleichen Zeit dieselbe Homepage der Eissporthalle und sahen, dass an diesem Tag eine Oldie-Disco stattfand. Es bedurfte nur einer einzigen Bemerkung, schon stand fest, dass Jan mal eben hundertsechzig Kilometer fahren und sie einige Stunden später dort sein würden.

Nachdem sie bezahlt und die ausgeliehenen Schlittschuhe angezogen hatten, wollten sie ihre nicht benötigten Utensilien in eines der vielen Schließfächer verstauen. Sie gingen beide auf das Fach mit der Nummer 169 zu und sahen sich auch hier wortlos an. Erstens, weil sie zum wiederholten Mal das Gleiche nehmen wollten, und zweitens, weil Maike aufgrund dieser Zahl ziemlich dumm schaute, denn an einem 16. September hatte sie sich damals mit ihrem ersten Freund verlobt.

Nach einigen Runden auf der Eisbahn legten sie eine fünfzehnminütige Pause ein. Als sie wieder aufstehen wollten, begann der Song einer bekannten Sängerin – nicht gerade spannend, wenn Jan ihr nicht in diesem Moment Folgendes mitgeteilt hätte: »*Ich höre ja nicht so gerne diese Frau, aber das eine Lied von ihr, das war mein absolutes Lieblingslied, das habe ich so oft gehört.*«

Nun sah sie ihn doch mit erstauntem Blick an und brachte nicht mehr als ein hilfloses Kopfschütteln heraus. Anfangs kapierte Jan nicht so ganz, warum Maike ihn so komisch ansah, bis er von ihr erfuhr, dass sie ebenfalls diesem Lied eine besondere Bedeutung beimaß, denn sie hatte in jungen Jahren – gemeinsam mit ihrer Cousine – auf ihrem Geburtstag eine Showeinlage gegeben.

Nachdem die »Oldie Disco on Ice« dem Ende entgegenging, zogen sie ihre Schuhe an und schlossen sich der Reihe an, um ihre ausgeliehenen Schlittschuhe abzugeben. Wie erwähnt war der 22. August für beide ein seelisch sehr bedeutsamer Tag. Warum auch immer sie auf die Idee kamen, Jans Schlittschuhe umzudrehen, sollten sie in diesem Augenblick erfahren, denn die Leihnummer lautete: »*Zweihundertachtundzwanzig!*«

Am 22. Dezember 2002 war Maikes Großvater nach jahrelangem Alkoholkonsum gestorben. Nun hatte sie schon Bedenken, dass aus Jans Verwandten- oder Bekanntenkreis ebenfalls jemand sterben würde. Diese Zweifel sollten sich bald als berechtigt herausstellen, denn nur einen Monat später starb tatsächlich ein guter Freund von Jan bei einem schweren Unfall. Zu guter Letzt fand die Beerdigung auch noch zum gleichen Datum statt, nämlich an einem Dreißigsten.

Lange Zeit versuchten sie, die vielen seltsamen Dinge zu verstehen. Da das aber nicht so richtig möglich war, probierten sie es mit Ablenkung, um nicht weiter darüber nachdenken zu müssen. Schon kamen die nächsten Erinnerungen zum Vorschein …

Jan: »Blödes Schlösschen.«

Maike: »Also für dieses blöde Schloss …«

Auch als sie über Jans Fleisch nachdachten, offenbarte sich ihre Telepathie.

Maike: »Du gehst zu deinem Fleisch, ich gehe duschen.«

Jan: »Ich geh mal an den Schweinebraten.«

Während der Mittagszeit ging Maike offline und kam erst abends um halb neun wieder zurück. Auch Jan war zwischendurch nur kurz online, um ihr mitzuteilen, dass er sehr müde sei und nicht wisse, ob er sich noch einmal an seinen Computer begeben würde. Maike antwortete auf seine E-Mail, auch jetzt schlafen gehen zu wollen. Warum auch immer sie noch eine SMS an ihn versenden musste, war ihr nicht ganz klar, tat es aber dennoch, weil sie einfach nicht anders konnte. Kaum hatte sie die ersten Buchstaben in ihr Handy eingefügt, um danach ihren Computer auszuschalten, erschien Jan in der »Buddyliste«.

Auch am nächsten Tag wollten die Geschehnisse nicht weniger werden. In Jans Abwesenheitsmitteilung stand, dass er Fußball schaue. Folglich schrieb Maike ihm, dass er hoffentlich in der Halbzeit einmal auf seinen PC blicken werde. Sie wusste weder, um welche Uhrzeit das Spiel anfing, noch, wann überhaupt Halbzeit war, da sie gerade erst von einem Großeinkauf zurückgekehrt war. Als sie Jan den Satz übersandte, kamen nicht zu erklärende Gefühle in beiden hoch – in dieser Sekunde sprang Jans Abwesenheitsmitteilung auf anwesend, und es war Halbzeit.

Eines Morgens dachte nicht einer von ihnen darüber nach, wie der andere die Nacht zuvor geschlafen hatte, bis Maike zu einem bestimmten Zeitpunkt genau diese Frage durch den Kopf ging, da hatte Jan bereits geantwortet ...

Maike: »Hast Du wenigstens gut geschlafen?«

Jan: »Boar, ich hab um halb drei noch an dem blöden Ding gesessen.«

Jan: »So viel dazu!«

Es dauerte nicht lange, da tauchten auch schon die nächsten Momente auf, nicht gleich einer, sondern direkt drei hintereinander. Maike bekam recht bald gar keinen fließenden Satz mehr zustande, ihre Hände schienen wie gelähmt, und auch Jan konnte das alles kaum mehr geistig aufnehmen. Die erste identische Situation lautete:

Jan: »Aber sie hat ja auch Recht.«

Maike: »Aber stimmt ja auch.«

Jan: »Bumm!«

Die nächste einheitliche Gegebenheit sah so aus:

Maike: »Was ist denn jetzt hier los? Ich krieg überall kleine Bilder vom Schrottplatz.«

Jan: »Was ist denn jetzt hier? Das ist bei mir auch.«

Maike: »Das ist doch nicht mehr zu fassen!«

Jan: »Ich kann bald nicht mehr!«

Und anschließend dachten sie darüber nach, nun schlafen zu gehen …

Jan: »So, jetzt geh ich aber wirklich ins Bett!«

Maike: »Also das Bett mach …«

Maike: »… ich jetzt nicht mehr, weil ich mich da nun lieber reinlege.«

Maike: »Noch Fragen?«

Jan: »Nicht wirklich!«

Später hatte Maike sich vorgenommen, bestimmte Dinge in der Wohnung zu verändern und infolgedessen am nächsten Tag die Anstrengungen an ihrem Körper gespürt. Während sie sich mit Jan darüber unterhielt, waren sie sich auch in diesem Punkt wieder einig.

Maike: »Ja, weißt Du, wenn man dann so zur Ruhe kommt.«

Jan: »Und jetzt kommst Du zur Ruhe und merkst, was alles wehtut.«

Danach fragten sich beide, ob sie in dieser Nacht wenigstens gut schlafen könnten. Maike dachte, dass das wohl nur ginge, wenn die Kinder sie ausnahmsweise einmal in Ruhe ließen, schrieb dies gerade Jan und schlagartig stand der Satz schon im Chat.

Jan: »Sofern die Kids Dich lassen!«

Maike: »Wahrscheinlich nicht einmal bis halb neun …«

Maike: »… weil …«

Maike: »Hast Du schon geschrieben.«

Kurz darauf teilten sie noch diesen Gedanken …

Maike: »Du hattest sicher auch einen stressigen Tag und bist müde.«

Jan: »Ich bin auch kaputt und …«

Jan: »Schon gut!«

Maike: »Das wieder mal dazu!«

Am nächsten Morgen wurde Maike von ihrer Tochter bereits um sechs Uhr geweckt. Daraufhin ging sie online und informierte Jan per E-Mail, dass sie wach sei, die Computerlautsprecher eingeschaltet hätte, sich aber noch etwas hinlegen würde. Sie schrieb gerade den letzten Satz, auf einmal war Jan in der »Buddyliste« zu sehen. Nachdem sie ihm wie in Trance folgende E-Mail übersandte, war auch er mehr als nur hellwach:

Thema: (Kein Thema) Datum: 01. 03. 2003, 06:08:47!!!First Boot!!! Von: Maike. An: Jan – »Guten Morgen, lieber Zwilling, hab ich ausschlafen gesagt? 06:08 Uhr haben wir jetzt genau. Schöne Zahlen was? Lisa hat mich aus dem Bett geschmissen. Ich leg mich jetzt noch was hin, blättere den Möbelkatalog du…«

In diesem Augenblick quietschte die Tür der »Buddyliste« und Jans Name erschien. Noch nie waren sie gemeinsam so früh online, schon gar nicht an einem Wochenende. Des Weiteren fiel Maike sofort die Uhrzeit ins Auge, die das Datum von Jans miserablem Tag enthielt – sie begriffen nichts mehr.

Nun unterhielten sie sich über eine Staffel im Fernsehen, in der Deutschlands bester Sänger beziehungsweise beste Sängerin gesucht wurde und stimmten auch in diesem Fall absolut überein.

Maike: »Gra… hätte ich am liebsten gehabt.«

Jan: »Gra… hätte …«

Jan: »… ich es gegönnt.«

Dann wunderte Maike sich auf einmal, warum Jan in

seinem Chat die Uhrzeit stehen hatte und sie nicht mehr. Auch hier ergänzten sie sich einwandfrei.

Maike: »Oder hast Du die Uhrzeit und ich nicht?«
Jan: [14:26]: »Hast Du die Uhrzeit …«
Maike: »Ich sehe die Uhrzeit nämlich nicht in meinem Tele…«
Jan: [14:26]: »… überhaupt?«
Maike: »…gramm.«

Mittlerweile glaubten sie schon, dass es wohl doch etwas mehr geben müsste als nur den puren Zufall, anscheinend fehlten aber noch eine ganze Menge weiterer Dinge in einem etwas größeren Format, die sie wohl endgültig davon überzeugen sollten, dass ihre Verbindung dem Schicksal unterliegt …

Numerologische Auswertung

Eine Weile später gab es etwas, was beide vermutlich ein für alle Mal durcheinanderbringen sollte.

Maike verbrachte den Tag mit ihrer Familie am Flughafen. Sie schlenderten Richtung Besucherterrasse, um die Flugzeuge starten und landen zu sehen, tranken danach etwas und stöberten anschließend noch in einer Buchhandlung. Dort fiel ihr ein Buch in die Hände, das von »Numerologie« handelte. Seit Tagen hatte sie im Internet diesbezüglich viele Seiten durchstöbert, war allerdings nur auf unseriösen Blödsinn gestoßen. Dieses Buch aber hatte irgendetwas Inspirierendes an sich; auch die Erklärungen darin kamen ihr plausibel vor. Es war von einer bekannten Dame, die sehr viele Menschen in Vorträgen und Seminaren live erlebt, des Weiteren Millionen im Fernsehen gesehen und im Radio gehört hatten, so kaufte sie es letztendlich auch.

Abends verarbeitete sie mit Jan noch diverse Gegebenheiten, bis ihr nun auch die Analysen keine Ruhe mehr ließen. Sie rechnete die Schicksalsnummern für einige Personen aus und zeigte sich schon sehr verblüfft, wie zutreffend die Ergebnisse waren.

Natürlich beunruhigte sie zumeist der Vergleich ihrer beiden Analysen, und die ganze Zeit hatte sie Bedenken, was wohl in ihren Köpfen vorgehen würde, wenn dort auch noch die gleiche Zahl herauskäme. Nach langem Zögern fing sie an zu rechnen und hatte nach dem Endergebnis starke Probleme, das wenigstens halbwegs zu verarbeiten.

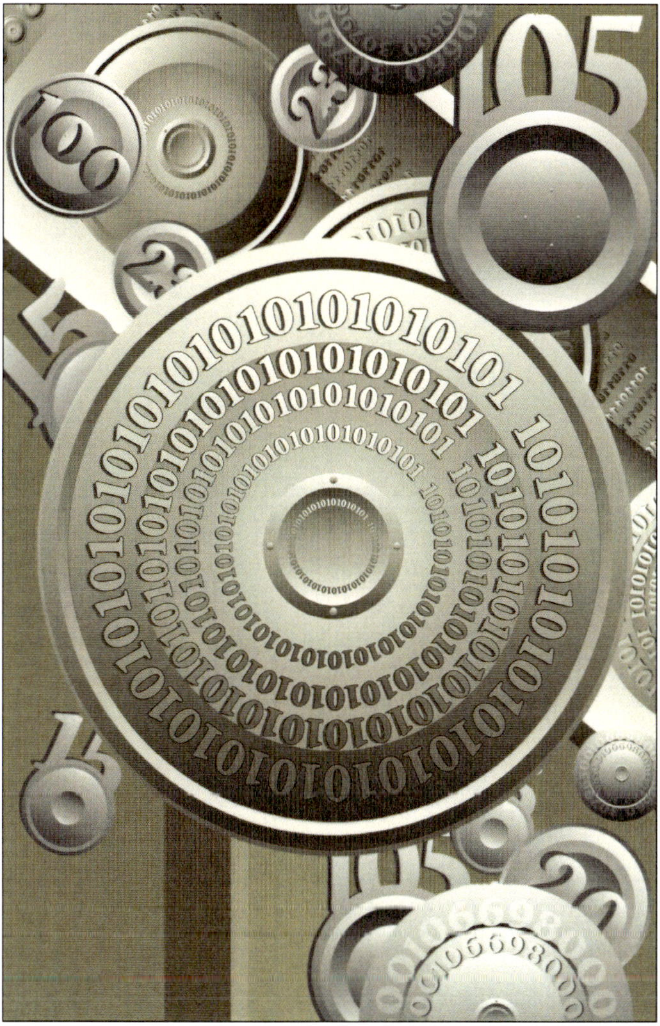

Maikes Analyse:

Die Zwischensumme ihres Vornamens ergab 25!
Die Zwischensumme ihres Nachnamens ergab 23!
Von diesen Zahlen die Zwischensumme lautete 48!
Von diesen Zahlen die Zwischensumme lautete 12!
Also lautete ihre Zahl wie folgt: **3!**

Jans Analyse:

Die Zwischensumme aus Jans Vornamen ergab 43!
Die Zwischensumme aus Jans Nachnamen ergab 14!
Von diesen Zahlen die Zwischensumme ergab 57!
Von diesen Zahlen die Zwischensumme ergab 12!
Also lautete seine Zahl wie folgt: **3!**

Diese Auswertung ergab in der Tat genau die gleichen Zahlen. Daraufhin sandte Maike, bereits ganz benebelt, Jan die dazugehörige Persönlichkeitsanalyse und fragte ihn, ob der Text genauso zu ihm passen würde wie zu ihr. Auch er war fassungslos und konnte nicht mehr antworten als: *»Rate mal, hallo lieber Zwilling!«*

In der Analyse stand geschrieben, dass sie Abenteurer und aktive Menschen seien, die persönliche Freiheit über alles lieben und Erlebnisse über Macht oder soziale Positionen stellen würden, und dass sie sich des Weiteren oft mit neuen Dingen auseinandersetzten, die mit Energie und großem Enthusiasmus gekoppelt seien, bis hin zur Neigung impulsiven Handelns. Auch dass sie des Öfteren Stimmungsschwankungen von himmelhoch jauchzend bis zu Tode betrübt ausgesetzt seien – stimmte exakt. Im Text stand auch, dass sie neue Erlebnisse über Sicherheit und Gelddinge stellen würden, beide konnten auch dies bejahen. Beim Knüpfen von Freundschaften würden sie nicht zögern und dadurch Charme und menschliche Wärme gewinnen, was ebenfalls stimmte.

Ein wesentliches Element in ihrem Leben seien Worte, mit denen sie es recht gut verstehen würden, andere aufzuheitern oder auch zu verärgern, das konnte ebenfalls keiner von ihnen abstreiten. Wenn sie einmal Streit hätten, so wäre dieser schnell vergessen, da keiner nachtragend sei, natürlich war auch das richtig.

Auch wenn beide sonst gut mit den meisten Menschen auskommen würden, bestünde die Gefahr, dass diese Beziehungen durch Umstände zum Stillstand gebracht werden könnten, sodass sie anderen gegenüber gereizt, nervös, ungeduldig und schlecht gelaunt reagierten; selbst Jähzorn wurde erwähnt – sie müssten lügen, wenn sie dies verneinen.

Wenn sich eine Person ihnen gegenüber verletzend verhalte, sei es nicht leicht für sie, wieder Vertrauen in den Menschen zu legen, dafür seien sie zu sensibel, was auch richtig war.

Empfohlen wurde ihnen in der Analyse ausgerechnet alles, was mit neuen Erfahrungen zu tun hätte, sonst würde die Gefahr von Rastlosigkeit bestehen.

Was sollten Maike und Jan dazu noch sagen? Es fiel ihnen schwer zu glauben, dass wirklich jeder Satz bis ins kleinste Detail stimmte, so genau, dass sie sich in dieser Analyse wie im Spiegel betrachteten.

Damit nicht genug. Nachdem Maike wieder einigermaßen empfänglich für seelische Dinge war, schwirrte ihr im Kopf herum, spaßeshalber ihre Vor- und Nachnamen einzeln auszurechnen. Sie dachte sich noch, dass es eigentlich gar nicht sein könnte, wenn dort ebenso die gleichen Zahlen hervorkommen würden, aber …

Die Zwischensumme ihres Vornamens ergab 25!
Daraus die Zwischensumme lautete also 7!
Die Zwischensumme ihres Nachnamens lautete 23!
Daraus die Zwischensumme lautete also 5!

Und nun Jan:

Die Zwischensumme aus Jans Vornamen ergab 43!
Daraus die Zwischensumme lautete also 7!
Die Zwischensumme aus Jans Nachnamen lautete 14!
Daraus die Zwischensumme lautete also 5!

So endete dieser aufregende Tag, und absolut überwältigt von diesem Resultat begaben sich beide in ihre Betten und bemühten sich um etwas Schlaf.

Weitere Erfahrungen

Ein ganz klein wenig Hoffnung hatten sie noch, von solchen Momenten einmal verschont zu bleiben, da es inzwischen doch ganz schön an ihre Psyche ging. Diese Hoffnung konnten sie gleich begraben, natürlich ging es mit einer Erfahrung nach der anderen weiter, wie im weiteren Verlauf zu erkennen ist.

Maike [18:56]: »Oder bist Du geflogen zwischendurch?«
Jan [18:56]: »Hab ich aber flugbedingt nicht …«
Jan [18:56]: »Schon gut!«
Maike [18:56]: »Schon …«
Maike [18:56]: »… gut!«

Auch hier nahmen sie wahr, dass ihre Gedankenübertragung wohl dazuzugehören schien.

Maike [15:41]: »Tja, nur welchen Montag der meinte, das hat er Dir nicht gesagt.«

Jan [15:42]: »Nur welchen Montag der meint, das hat der natürlich nicht …«

Einige Tage später war Maike den ganzen Morgen online, dann meldete sie sich ab. Als es sie nach nur einer Minute erneut an den Computer zog, fragte sie sich, ob sie wach sei oder träume, denn genau in dieser Minute ging Jan ebenso an seinen PC.

Jan [12:06]: »Neeee, Maike? Du warst doch gerade noch nicht da.«

Maike [12:06]: »Irgendetwas hat mich dazu veranlasst, wieder reinzugehen. Frag mich nicht, was, jetzt weiß ich es. Ich war den ganzen Morgen online Jan. DEN GANZEN MORGEN!«

Jan [12:07]: »Und ich war den ganzen Morgen unterwegs.«

Maike [12:07]: »Gehe vor einer Minute ein einziges Mal raus. Und genau in dieser Minute gehst Du online? Das ist doch verrückt.«

Irre war auch der nächste Sachverhalt, bei dem ihre zeitgleiche Frage zum wiederholten Mal den gleichen Sinn ergab und sie massiv aufwühlte.

Maike [09:52]: »Kommst Du danach wieder?«
Jan [09:52]: »Bist Du gleich noch online?«
Jan [09:52]: »Schon gut!«

Auch als Maike ihre Abwesenheitsmitteilung eingeschaltet hatte, um duschen zu gehen, wurde Jan emotional umgeworfen, denn er war in dieser Sekunde mit dem Internet verbunden.

Jan [07:40]: »Maike?«

Automatische Antwort von Maike [07:40]: »Ich dusche gerade.«

Jan [07:40]: »Das krieg ich bald nicht mehr in meinen Kopf!«

Während Maike aufgeräumt, ihre jüngere Tochter – die zu der Zeit krank war – versorgt und eine Sendung im Fernsehen geschaut hatte, war Jan den ganzen Morgen unterwegs. Um halb zwölf wurde sie von einem Gefühl heimgesucht und lief wie ferngesteuert zu ihrem Computer. Nachdem sich ihre Verbindung aufgebaut hatte, sah sie, dass auch Jan zurück war, aber nicht ein bis zwei Stunden später, sondern, wie gehabt, ein bis zwei Sekunden.

Jan [11:30]: »Nein, nein, nein!«
Maike [11:30]: »Wie nein? Neeeeeeeeeee nicht schon wieder oder?«

Jan [11:31]: »Boar!«

Maike [11:31]: »Ich gehe mal laut Deiner Reaktion davon aus, dass Du erst ein paar Sekunden da bist.«

Jan [11:32]: »Klar! Ich bin erst ein paar Sekunden da.«

Maike [11:32]: »Ich war doch auch den ganzen Morgen offline, habe Fernsehen geguckt, aufgeräumt, Lisa versorgt und dann so ein Gefühl gehabt, mal an den PC gehen zu müssen.«

Jan [11:33]: »Ohne Worte!«

Maike [11:34]: »Bin mal wieder sprachlos!«

Danach schrieben sie sich noch circa eine Stunde, in der ausnahmsweise einmal nichts geschah, und gingen danach offline. Als sie sich am Abend weiter unterhielten, sah das schon wieder anders aus …

Maike [22:08]: »Nach der Show!«

Jan [22:08]: »Wenn die Show aus ist, dann …«

Jan [22:08]: »Schon gut!«

Es wurde immer besser. Kurz darauf teilten sie nicht nur den Gedanken, das gleiche Wort zu schreiben, nein diesmal tippten sie dieses dazu auch noch in Großbuchstaben. Ihr Verstand wurde dermaßen strapaziert, dass sie manchmal das Gefühl hatten, ihnen schnüre jemand die Kehle zu.

Maike [22:17]: »IMMER!«

Jan [22:17]: »Ich denke IMMER!«

Maike [22:17]: »Das kann ich nicht mehr glauben!«

Jan: [22:17]: »HIIIIIILLFFEEEEEE!«

Nach einer zweitägigen Ruhepause, die sie – aus seelischer Sicht gesehen – auch dringend benötigten, war die Anziehungskraft doch wieder zu stark und Maike ging an ihren PC. Sie war gerade zehn Sekunden online, als sie eine Seite öffnete, auf der sie einmal täglich eine kostenlose SMS versenden konnte. Noch während sie damit beschäftigt war, die ersten Buchstaben einzugeben, um es anschließend Jan zu senden, quietschte die Tür der »Buddyliste«, und er war da.

Maike [08:08]: »Neeeeeeeeeeeeeiiiiiiiiiin!«
Maike [08:08]: »SMS kostenlos versenden!«
Maike [08:08]: »BUMM, BUMM, BUMM!«
Jan [08:09]: »???«
Maike [08:09]: »Ich bin seit circa zehn Sekunden online!«
Jan [08:09]: »Maike, nicht schon wieder! Ich hatte mich doch gerade etwas beruhigt von all dem, was bis jetzt geschehen ist.«
Maike [08:09]: »Und wollte Dir gerade …«
Maike [08:09]: »… eine …«
Maike [08:09]: »… SMS …«
Maike [08:09]: »… schreiben.«
Maike [08:10]: »Das fängt ja wieder gut an!«

Nach nur sechs Minuten waren sie, selbstverständlich synchron, der Meinung, dass sie Ruhe bräuchten.

Maike [08:16]: »Dann haben wir mal unsere Ruhe.«
Jan [08:16]: »Dann hab ich wenigstens etwas Ruhe. Also, jetzt ist aber mal gut!«
Maike [08:16]: »Jan, das ist nicht normal oder?«
Jan [08:17]: »Leichtere Fragen bitte! Was ist denn bei uns noch normal?«

Durch die ganzen Erfahrungen befasste Maike sich eines Tages näher mit Hypnose und bestellte zwei CDs. Als sie Jan davon erzählte, kam auch hier prompt ein »toller Moment«:

Maike [20:01]: »Aber wach wurde ich im richtigen Moment laut CD.«

Jan [20:01]: »Aber dann wärst Du wohl nicht direkt nach dem Satz wieder zu Dir gekommen.«

Direkt am nächsten Morgen stellten sie sich gerade die Frage, ob sie an diesem Tag ohne solche Momente auskommen würden. Die Antwort darauf ergab sich unverzüglich …

Maike [10:03]: »Kommt mir irgendwie bekannt vor.«
Jan [10:03]: »Das kennst Du auch.«
Jan [10:03]: »Bumm!«
Maike [10:03]: »Bumm!«

Ungefähr zwanzig Minuten später sprachen sie über alle möglichen Dinge, bis sie auf die Sekunde genau ihren Platz kurzfristig verlassen wollten.

Jan [10:22]: »Moment!«
Maike [10:22]: »Moment!«
Jan [10:22]: »Booooaarrr, jetzt reicht es aber!«
Maike [10:22]: »O Mann!«

Kaum waren sie zurück an ihren Computern, sahen sie die nächsten einheitlichen Gedanken vor sich stehen …

Maike [10:29]: »Und bei Dir bin ich blau, gelle?«
Jan [10:29]: »Und bei mir ist …«
Jan [10:29]: »Schon gut!«

Als Maike am Tag darauf einkaufen fuhr, dachte sie die ganze Zeit über nichts Besonderes nach. Doch nachdem sie den Einkauf beendet hatte, ging ihr das anstehende Konzert ihrer Lieblingsband durch den Kopf und sie schaltete das Autoradio ein – es begann der neue Song dieser Band. Ziemlich verwirrt hörte sie es sich in vollster Lautstärke an und war erst danach fähig loszufahren.

Am Abend unterhielt sie sich noch ein wenig mit Jan im Chat. Als sie sich gerade »Gute Nacht« sagten, bemerkten sie, dass sie sich wohl mit diversen Gedanken in ihr jeweiliges Bett begeben wollten.

Maike [22:07]: »Kommt mal wieder auf die Nacht an.«
Jan [22:07]: »Kommt ganz auf die Sch…«
Jan [22:07]: »…laferei an.«
Jan [22:07]: »Gute Nacht!«
Maike [22:07]: »Schüttel!«
Jan [22:07]: »Ich geh jetzt SOFORT ins Bett!«

Zwischenzeitlich bestand aus Zeitgründen einige Tage kein Internetkontakt. Als sie aber ein paar Minuten freie Zeit nutzen konnten, schockten sie sich augenblicklich selbst.

Maike [12:15]: »Es ist ALLES anders!«
Jan [12:15]: »Das ist ALLES so anders!«

Mittlerweile war es Ende April 2003. Aber immer noch sollten sie auf diverse Dinge aufmerksam gemacht werden.

Jan [07:05]: »Ich setz eben Kaffee auf.«
Maike [07:05]: »Mach Du mal Deinen Kaffee.«
Jan [07:05]: »Bumm!«
Maike [07:06]: »Noch Fragen?«

Ungefähr zwanzig Minuten später ging es um Maikes Computer, der zu dieser Zeit nicht ganz reibungslos funktionierte. Daher teilte sie Jan ihr Vorhaben im Chat mit und verwirrte ihn direkt, denn er hatte den gleichen Satz bereits angefangen …

Maike [07:32]: »Und mach mal für die nächste CD eine Wartung.«
Jan [07:32]: »Und danach mach …«
Maike [07:33]: »Schon gut!«
Der nächste Morgen fing ebenfalls gut an. Eigentlich bräuchten Maike und Jan sich gar nicht zu unterhalten, da sie ja ohnehin ständig auf telepathische Art miteinander kommunizierten, aber die Magie ließ kein Stillschweigen zu.
Maike [08:52]: »Am liebsten gar keine, gelle?«
Jan [08:52]: »Ich will doch keine.«
Maike [08:52]: »Schon gut!«
Jan [08:52]: »Schon gut!«
Maike [08:52]: »Nur Übung, gelle?«
Jan [08:52]: »Ist doch nur Prüfung und Vorstellung.«
Auch am Abend sollte, was das anbelangte, einfach keine Ruhe einkehren, und sie mussten wieder einmal gleich drei aufeinanderfolgende Dinge verarbeiten.
Maike [21:52]: »Ich weiß ja, warum.«
Jan [21:52]: »Na, Du weißt ja.«
Nur sieben Minuten später …
Maike [21:59]: »Kiga fängt auch wieder an.«
Jan [21:59]: »Morgen fängt …«
Jan [21:59]: »Schon gut!«
Maike [21:59]: »Schon gut!«
Und wiederum nur eine Minute danach war es dann ganz vorbei. Abermals erreichte sie der Punkt, an dem sie nichts mehr auf die Reihe bekamen.
Jan [22:00]: »Puuuuuuuuuhhhhhhhhhh!«
Maike [22:00]: »Puuuuuuuuuuuuuu…«
Jan [22:00]: »Wäre ja auch ein Wunder!«

Maike [22:00]: »BUMM!«
Jan [22:00]: »Also jetzt geh ich schlafen!«
Maike [22:00]: »LASS UNS SCHLAFEN ...«
Maike [22:00]: »GEHEN!«

Der Tag danach hatte es ebenfalls in sich. Jan hatte gegen Mittag bei sich daheim an einer Arbeitsplatte gearbeitet, während Maike zur selben Zeit eine Scheibe Toast durchschnitt. Am Abend stellten sie im Chat auf die Sekunde genau fest, dass sie sich nun auch schon parallel in den gleichen Finger geschnitten und gleichzeitig den Gedanken geteilt hatten, dem anderen davon zu berichten. Weder Maike noch Jan kapierte, was da passierte.

Jan [20:57]: »Da bin ich natürlich abgerutscht und hab mir in den Finger gesägt.«
Maike [20:57]: »Ich kann nicht so schnell schreiben ...«
Maike [20:57]: »... weil ...«
Maike [20:57]: »Das glaub ich jetzt nicht!«
Maike [20:58]: »... ich mir vorhin mit dem Messer ...«
Jan [20:58]: »Neeeeeeeeeeeeeeeeeeiiiiinnnnn!«
Maike [20:58]: »... in den Zeigefinger ...«
Maike [20:58]: »... gesäbelt ...«
Maike [20:58]: »... habe.«
Maike [20:58]: »Was passiert hier eigentlich?«
Jan [20:58]: »Ich auch in den Zeigefinger.«
Jan [20:58]: »Keine Ahnung, Maike!«

Da Jan am Abend zuvor ziemliche Probleme mit seinem Computer gehabt hatte und nach mehreren Versuchen nicht mehr ins Internet gekommen war, ging Maike am nächsten Morgen etwas früher an ihren PC. Während sich ihre Internetverbindung aufbaute, ging auch Jan online und hätte sich direkt wieder hinlegen können, weil die Nerven einfach blank lagen …

Jan [06:44]: »Ne!«
Maike [06:44]: »Doch!«
Jan [06:44]: »Nein! Nicht schon wieder!«
Maike [06:44]: »Ich bin …«
Jan [06:44]: »Bist Du auch gerade …«
Jan [06:44]: »… erst?«
Maike [06:45]: »Willkommen! Maike.«
Jan [06:45]: »Nacht!«

Eine Viertelstunde später kamen sie darauf zu sprechen, ob sich nicht ein paar ältere Sachen ausrangieren sollten. Maike schrieb ihm, dass bei ihr im Ort auf einem Baumarktparkplatz des Öfteren ein Trödelmarkt stattfindet, und fragte sich, ob die Termine wohl im Internet stehen würden. Während sie Jan ihren Gedanken mitteilte, hatte er diesen schon ausgeführt und befand sich auf der Homepage ihres Wohnortes, um nach Informationen zu suchen.

Maike [07:03]: »Vielleicht stehen die Termine ja im Internet.«
Jan [07:03]: »http://www.meinestadt.de«
Jan [07:03]: »Ich krieg das nicht mehr auf die Reihe!«
Maike [07:03]: »Ich auch nicht, Jan, ich auch nicht!«

Nach dem folgenden Chat waren sie dermaßen am Ende, dass sie beschlossen, bis mittags eine Pause einzulegen, um ihre Gedanken und Gefühle zu sortieren.

Jan: »So!«
Maike [07:29]: »So, beim nächsten Beispiel fängt Seite 52 an.«

Maike [07:29]: »Jetzt haben wir eine halbe Minute nichts geschrieben und fangen dann wieder gleichzeitig an?«

Jan [07:29]: »Dann schreib ich jetzt nichts mehr!«

Jan [07:29]: »Lach!«

Maike [07:29]: »Lach!«

Jan [07:30]: »Dooooooooooooooch!«

Maike [07:30]: »Dooooooooooooooocchh!«

Maike [07:30]: »BUMM!«

Jan [07:30]: »Fang an! Seite 52!«

Maike [07:30]: »Also jetzt ist der Ofen aus!«

Maike [07:30]: »Jan?«

Jan [07:30]: »Jaaaaaaaaaa!«

Maike [07:31]: »Ich bin fix und fertig! Wo gibt es denn so was??????«

Jan [07:31]: »Du 15 O's, ich 13 O's, macht zusammen 28 O's.«

Maike [07:32]: »Sag mal, träum ich oder passiert das alles wirklich?«

Jan [07:32]: »Du träumst nicht!«

Noch am gleichen Tag telefonierte Jan mit Maikes Ehemann und bat ihn, Maike zu fragen, ob sie sein altes Bewerbungsschreiben noch in ihrem Computer gespeichert hätte. Als Maike – ein klein wenig erholt – wieder daheim war und den Weg zu ihrem Computer einschlug, wusste sie noch nichts von diesen Unterlagen. Jan war auch online und sie plapperten über dieses und jenes. Zwischenzeitlich war ihrem Mann wieder eingefallen, was er seiner Frau ausrichten sollte, und teilte es ihr mit. Einige Minuten unterhielt sie sich mit Jan weiter, ohne auch nur ein Wort darüber zu verlieren. Doch dann schlug schlagartig ihr Gesichtsausdruck um …

Jan [12:59]: »Hast Du das Bewerbungsschreiben von mir noch irgendwo gespeichert?«
Maike [12:59]: »Die Bewerbungsunterlagen …«
Maike [12:59]: »… hab …«
Maike [12:59]: »Bumm!«
Da auf Jans damaliger Arbeitsstelle seine Gelenke zu sehr belastet wurden und er diesen Beruf nicht mehr ausüben konnte, kam ihm in den Sinn, auch etwas im Versicherungsbereich zu unternehmen. Da Maikes Mann schon seit Langem in dieser Branche arbeitete, ließ er ihm ein paar interessante Informationen zukommen. So wurde auch er Mitarbeiter bei dieser Gesellschaft, nur in einem anderen Ort. Nach einiger Zeit befriedigte Maikes Mann der Job allerdings nicht mehr, sodass er sich unverbindlich woanders bewarb. Er sprach mit Jan darüber, erwähnte aber nicht, dass er schon einen Bewerbungstermin vereinbart hatte, geschweige denn an welchem Tag dieser stattfinden sollte. Auf der anderen Seite erzählte Jan ihm nicht, dass er sich auch woanders beworben hatte. Während der Unterhaltung mit Maike stellte sich dann heraus, dass der Termin am gleichen Morgen bei derselben Gesellschaft stattfand. Anfangs verstand Jan gar nicht, was Maike ihm eigentlich sagen wollte. Als dann auch bei ihm der Groschen fiel, konnte er wieder nur den Kopf schütteln.
Jan [13:57]: »Also eins nach dem anderen: ›Os…!‹ Morgen Früh um neun Uhr in Gladenbach. Ist rund vierzig Kilometer von hier. Und danach muss ich nach Hüttenberg.«
Maike [13:58]: »Bitte? Neeeeeeee!«
Jan [13:58]: »Ist von hier fünfundvierzig Kilometer entfernt, aber von Gladenbach fünfzig und eine halbe

Weltreise, da nur durch die Käffer. Ist mir aber egal, denn ich hab bei beiden Bewerbungen NUR wegen eines Angestelltenverhältnisses einen Termin.«

Maike [13:59]: »Du hast morgen bei der ›Os…‹ einen Termin?«

Jan [14:00]: »Morgen, ja!«

Maike [14:00]: »Morgen Früh um neun Uhr also?«

Jan [14:00]: »Ja, warum? Ist bei euch ein Tag früher der 1. Mai?«

Maike [14:00]: »Nein, aaaaaaaaaaber …«

Maike [14:00]: »Sitzt Du?«

Jan [14:00]: »Ich sitze!«

Maike [14:01]: »Wo hat mein Männe denn morgen Früh um diese Zeit einen Termin????«

Jan [14:01]: »Neee, ne?«

Maike [14:01]: »Doch!«

Am 1. Mai 2003 mangelte es ihnen ebenfalls nicht an telepathischen Gedanken …

Maike [07:45]: »Kann aber auch 17:00 oder 17:30 sein.«

Jan [07:45]: »Könnte aber auch 17:00 …«

Eine Dreiviertelstunde später kam der nächste verblüffende Moment. Noch nie hatten sie in ihren bisherigen Chats das Wort »Oki« zusammen mit dem Wort »doki« verwendet. Diesmal taten sie es!

Jan [08:33]: »Oki doki!«

Maike [08:33]: »Oki doki!«

Jan [08:33]: »Nacht! Ich krieg nichts mehr klar hier!«

Maike [08:33]: »Jan?«

Jan [08:33]: »Jaaaaaaaaa.«

Maike [08:33]: »Das haben wir doch noch nie geschrieben.«

Jan [08:34]: »Stimmt! Haben wir nicht!«

In der Mittagszeit beschrieb Jan Maike seinen Müdigkeitszustand. Wie sollte es anders sein, sie war auch nicht gerade wach …

Jan [11:29]: »Boar, was ist denn nun los?«

Jan [11:29]: »Gäääääääääääähhhhhnnnnnnnnnnn!«

Maike [11:29]: »War ja wieder zu erwarten. Weißt Du, was ich gerade in dem Moment gemacht habe?«

Jan [11:30]: »Ich kann es mir fast denken!«

Maike [11:30]: »Mir die Augen gerieben und tierisch gegähnt!«

Jan [11:30]: »War ja klar!«

Diese Dinge umschreiben nur einen Bruchteil aller Merkwürdigkeiten. Es war ihnen aber kaum möglich, viele Sachverhalte, die natürlich teilweise außerhalb des Computers zu Stande kamen, vom Gefühl her richtig zu beschreiben; das konnten sie nur fühlen, und es bedurfte einer ganzen Menge an Bewältigungsarbeit. Daraus entstand überhaupt erst in Maike das Bedürfnis, sich alles von der Seele zu schreiben.

Persönliche Erlebnisse

Der nachfolgende Chat, den Maike und Jan eines Tages führten, soll einige wenige ihrer persönlich erlebten Umstände aufzeigen, bei denen sie auch in dieser Hinsicht eine emotionale Reise durch ihre skurrile Gefühlswelt unternehmen mussten.

Jan [17:57]: »Und gewisse unerklärliche Zufälle?????? Wie zum Beispiel etwa hundertundsechzig Kilometer zurückzulegen, um dann festzustellen, dass wir, ohne eine genaue Uhrzeit vereinbart zu haben, an der gleichen Kreuzung standen?«

Jan [17:59]: »Und einige Wochen später bemerken, dass dies noch einmal geschah und wir zur selben Zeit den gleichen Berg hochfuhren, ebenfalls ohne uns eine Uhrzeit zu nennen?«

Jan [18:01]: »Oder als wir in einer Ortschaft nach einem Auto für Dich Ausschau hielten, darüber sprachen und dabei verwundert feststellen mussten, dass wir exakt die gleichen Handbewegungen machten?«

Maike [18:01]: »Hör auf!«

Jan [18:02]: »Und grundsätzlich in Situationen – kurioserweise nur dann, wenn wir alleine sind oder Ruhe haben – gleiche Sätze nach minutenlangem Schweigen aussprechen?«

Jan [18:02]: »Oder wenn wir gemeinsam unterwegs sind, an Ampeln stehen und so in einer Unterhaltung vertieft sind, dass wir nicht einmal wahrnehmen, wie diese schon längst auf Grün umgesprungen ist?«

Jan [18:02]: »In starken seelisch auftretenden Situationen sogar nicht kapieren, dass auf einmal Autos neben uns stehen, die vorher noch nicht dort gestanden haben?«

Maike [18:02]: »Booooaaaaarrrrrrrrrrrrrrrrrrr, Jan! Hör bitte auf! Das hält ja keiner mehr aus!«

Jan [18:02]: »Unverständlicherweise eine Wandergruppe mit Senioren übersehen, die auf einmal neben uns stand?«

Jan [18:03]: »Auch noch sekündlich in den gleichen Hundehaufen treten und diesen noch nicht einmal an unseren Schuhen bemerken?«

Maike [18:05]: »So! Jetzt reicht's! Nun bin ich dran! Äußerst verdutzt erkennen, dass wir auf einem Konzert mit verschiedenen Karten nur wenige Meter voneinander entfernt außen am gleichen Gang sitzen, gleichzeitig den Kopf diagonal zueinander richten, uns dadurch erkennen, ich urplötzlich aufspringe, an Dir vorbeirenne, ›KOMM‹ rufe, wir vorne stehen und dieses Lied in vollen Zügen gemeinsam genießen, trotz der eigenen Mutter als Begleitung? Ist das normal?«

Maike [19:36]: »Oder als wir uns den einen Montagabend verabredet hatten, uns per SMS erreichen wollten und dadurch feststellen mussten, dass bei meinem Handy das Guthaben aufgebraucht war und bei Deinem der Akku gerade den Geist aufgab?«

Maike [19:36]: »Ich daraufhin verzweifelt nach Telefonzellen suchte, in der Hoffnung, Du hättest noch etwas ›Saft‹ auf Deinem Handy, damit wir den genauen Treffpunkt vereinbaren konnten?«

Maike [19:36]: »Um dabei in der Telefonzelle auf dem Weg zu Dir festzustellen, dass ausgerechnet der Song auf

Deinen drei CDs im Hintergrund lief, der bei meinen drei genau dann anfing, als Du am Treffpunkt ankamst. Und dazu noch bemerken, dass wir trotz eines riesigen Staus auf beiden Seiten fast gleichzeitig angekommen sind?«

Maike [19:38]: »Oder danach ortsfremd durch gewisse Städte zu fahren, um uns dann irgendwo hinzustellen, wobei wir während unserer wieder mal endlos scheinenden Kommunikation nicht ganz wahrnahmen, dass es tierisch angefangen hatte zu schütten und wir auf einem durchweichten Untergrund standen, sodass sich die Autoreifen darin festsetzten. Wir dadurch mitten in der Nacht enorme Anstrengungen auf uns nehmen mussten und unsere Klamotten einsauten, um Dein Auto da wieder rauszuholen? Als dies erfolglos war, wir noch mitten in der Nacht bei Leuten schellten, von wo aus wir den Abschleppdienst anrufen konnten, und auf dem Rückweg noch tierische Angst ausstehen mussten, weil Dein Wagen anormale Geräusche von sich gab und wir den Weg zur Autobahn nicht fanden!«

Maike [19:41]: »Und als wir uns an der Raststätte der ersten persönlichen Begegnung verabredeten, ich in der Tankstelle eine Telefonkarte kaufte, um Dich auf dem Handy anzurufen, weil ich wissen wollte, wo Du dich gerade befandest. Und dabei feststellen musste, dass im Hörer der Satz ›*Dreh Dich mal um*‹ ertönte, weil Du direkt hinter mir standest …«

Auch diesen Chat mit winzig kleinen Auszügen aus ihren persönlichen Erfahrungen mussten sie erst einmal innerlich Revue passieren lassen.

Das Horoskop

Aufgrund all dieser Erfahrungen stöberte Maike zwischenzeitlich weiter im Internet und las auf einer Homepage, dass man anhand eines Partnerhoroskops herausfinden könne, inwieweit man seelisch zueinander steht. Dass eine Verbindung bestand, daran gab es für sie von Anbeginn keinen Zweifel, nur worum es sich genau handelte, war anscheinend noch nicht in ihr Bewusstsein gedrungen.

Nach längerer Suche geriet sie irgendwann an einen vertrauensvollen Astrologen, dem sie das Erlebte einigermaßen plausibel darlegte. Nach mehreren Gesprächen und einigen Tagen Bedenkzeit forderte sie aufgrund ihrer starken Neugierde das Horoskop an.

Täglich wartete Maike auf die E-Mail, während sie immer nervöser wurde. Jan wollte es gar nicht erst wissen, weil er befürchtete, nicht verkraften zu können, wenn tatsächlich die Aspekte in diesem Horoskop Dinge enthielten, die über dem normalen Niveau lagen.

Einige Tage später öffnete Maike ihr Postfach, wobei sie unruhig auf dem Stuhl hin und her rutschte, denn das Horoskop lag vor ihr. Während sie es sich in aller Ruhe durchlas, wurde sie von einem Gefühlschaos ins nächste verbannt, ihr stockte der Atem. Es enthielt teilweise genau die Sätze, die Maike und Jan die ganze Zeit über sehr häufig verwendeten, sei es, sie hätten das Gefühl des »Eins-Seins«, sie könnten ihre Grenzen sprengen, sie wären wie zwei Funkgeräte auf einer Wellenlänge, oder wie auch immer – sie hätten es beinahe selbst schreiben können.

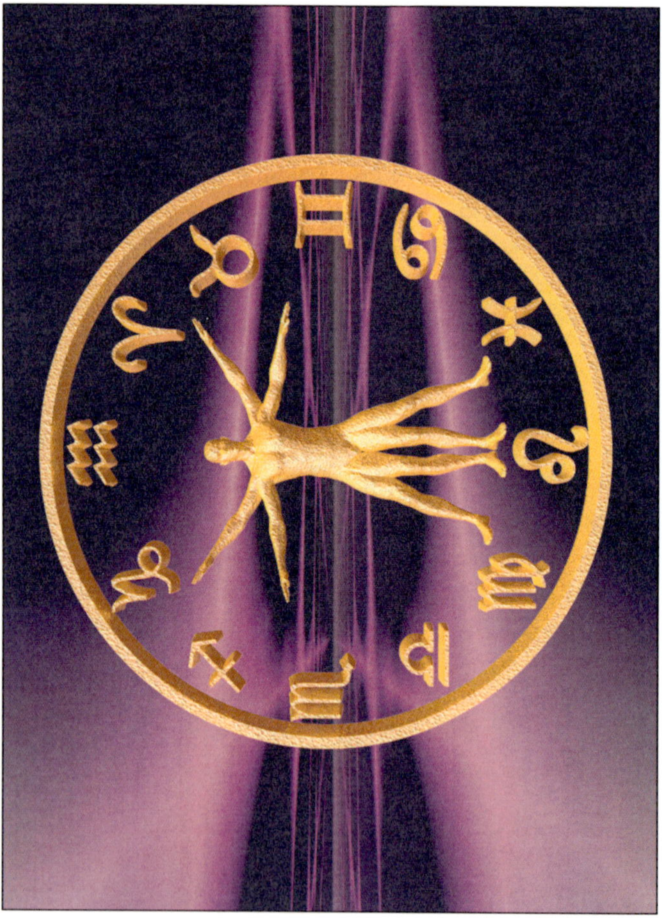

Nach dreimaligem Durchlesen ging Maike in ihr Bett und versuchte alles ein wenig zu verarbeiten. Jan gegenüber erwähnte sie noch nichts, weil sie wusste, er würde damit nicht so einfach fertig werden; es reichte, wenn sie vorerst die Schwierigkeiten damit hatte.

Einen Tag später las sie sich alles noch einmal in Ruhe durch, wobei sie insbesondere auf Details achtete. Dabei stellte sie viele Punkte fest, die einiges widerspiegelten, was sie häufig selbst erwähnten, angefangen von der gleichen Denkweise über Psychoanalytiker und Kindheitstrauma bis hin zu den heftigeren Reibungspunkten und enormen Energieschüben. Der Inhalt passte exakt zu ihrer besonderen, aber auch schwierigen Verbindung. Um die tiefen Gefühlsbewegungen von Maike und Jan einmal näher darzulegen, wurden die wichtigsten Details dieses Horoskops mit einbezogen. In diesem Zusammenhang muss jedoch Folgendes vorweggenommen werden:

Da es sich ja um ein Partnerhoroskop handelt – nur aus einem solchen lassen sich Aspekte herleiten – sind natürlich Partnerschaftsaspekte aufgeführt. Diese beziehen sich selbstverständlich auf keine direkte Partnerschaft zwischen Maike und Jan, denn die Verbindung zwischen ihnen ist rein psychischer Natur. Lediglich die Eigenschaften sollen dargestellt werden; schließlich sind beide verheiratet.

Wenn man einige Punkte im weiteren Verlauf des Horoskops etwas genauer betrachtet, wird man vermutlich feststellen, dass irrsinnig oft Dinge in ihren Eigenschaften vorhanden sind, die etwas tiefgreifender sind als vielleicht das, was man unter »normal« bezeichnen würde. Anfangs wurden ihre Merkmale einzeln aufgeführt und erst im weiteren Verlauf des Horoskops ein Vergleich erstellt.

Maike und Jan können beide sagen, dass der vollständige Inhalt dieser Analyse auch tatsächlich ihren Charaktereigenschaften entspricht.

Partnerschaftsanalyse
mit psychologischer Astrologie

Horoskopvergleich zwischen Maike und Jan:
Maike geb. am 15. 12. 1972 um 14.55 Uhr (Z: 1h 0m 0s Ost) in »E« (D), L: 007.00 Ost, B: 51.27 Nord
Jan geb. am 29. 03. 1963 um 17.35 Uhr (Z: 1h 0m 0s Ost) in »H« (D), L: 008.12 Ost, B: 50.44 Nord

MAIKES TRAUMPARTNER

Im Folgenden werden die Eigenschaften beschrieben, die ein Partner haben muss, damit er Maike fasziniert. Da sie, wie jeder Mensch, ein äußerst komplexes Wesen ist, kann auch ihr Partnerbild nicht einheitlich sein, sondern weist die verschiedensten Facetten auf. Ein Partnerbild enthält sowohl das Bild eines erotisch und sexuell anziehenden Mannes wie auch eines väterlichen Beschützers. Ersteres entspricht der Marsstellung, Letzteres der Sonnenstellung ihres Geburtsbildes. Jedes von diesen beiden Wunschbildern wiederum kann die unterschiedlichsten Eigenschaften aufweisen.

JANS TRAUMPARTNERIN

Es werden nun die Qualitäten beschrieben, die Jan in einer Partnerin sucht. Da auch er eine vielschichtige Persönlichkeit ist, zeigt sich auch sein Partnerbild nicht einheitlich, sondern weist eine bunte Palette von Eigenschaften auf. Sein Partnerbild enthält sowohl das Bild einer erotisch und sexuell anziehenden Frau wie auch das einer mütterlich-fürsorglichen Partnerin, was er als Widerspruch erleben könnte. Ersteres entspricht der Venusstellung, Letzteres der Mondstellung seines Geburtsbildes. Jedes von diesen beiden Wunschbildern wiederum kann die unterschiedlichsten Eigenschaften aufweisen.

Da er zum Teil ähnliche Vorstellungen von Partnerschaft hat wie Maike, finden sich eventuell Wiederholungen im Text. Je mehr Lebenserfahrung Jan bereits gesammelt hat, desto mehr lebt er die eine oder andere der folgenden Qualitäten selbst in der Partnerschaft aus und sucht diese nicht mehr ausschließlich bei der Partnerin.

Eine starke Ausstrahlung

Maike trägt das Bild eines machtvollen Partners mit einer starken, charismatischen Ausstrahlung in sich und fühlt sich fasziniert von einem Mann, den sie nicht ohne Weiteres durchschaut. Er soll es verstehen, sich mit einer Aura des Geheimnisvollen zu umgeben. Tiefgründige, leidenschaftliche und grüblerische Wesenszüge zieht sie einer freundlichen, kultivierten Oberflächlichkeit vor. So wird der Mann ihrer Träume sie kaum ganz in seine Karten blicken lassen, sie jedoch ganz und bedingungslos haben wollen. Wenn sie nicht einfach die Unterlegene sein will, so ist ein gegenseitiges Kräftemessen unvermeidbar und sie kann durch die Macht und Ausstrahlung ihres Partners wie durch ein Vorbild zu ihrer eigenen Stärke finden.

Intensität und Leidenschaft

Jan sucht eine Partnerin, die Intensität und Tiefe in die Beziehung bringt. So lässt er sich vorwiegend mit Frauen ein, die eine starke Ausstrahlung besitzen. Auch wenn er im täglichen Zusammenleben die emotionale Kraft und vielleicht Überlegenheit einer solchen Frau nicht unbedingt schätzt, so neigt er doch dazu, sich unbewusst eine entsprechende Partnerin zu wählen. So könnte die Beziehung stark vom Motto »Ich liebe dich leidenschaftlich, aber lass es dir ja nicht einfallen, etwas ohne mein Wissen und Einverständnis zu tun« geprägt sein.
Die Frau, die ihm gefällt, dürfte von einer charismatischen oder gar geheimnisvollen Aura umgeben sein. Ihr Charakter ist kein offenes Buch, und so ist es durchaus möglich, dass seine Partnerin ihn auf einer emotionalen Ebene sehr gut durchschaut, er selbst jedoch oft das Gefühl hat, vor einem Rätsel zu stehen.

Ein reger Gedankenaustausch

Zu einer guten Beziehung gehört für Maike auch ein reger Gedankenaustausch. Sie will wissen, was ihren Partner beschäftigt, was ihn interessiert und wie er über dieses und jenes denkt. Auch ihr ist es ein Bedürfnis, ihre Gedanken und Ideen mit jemandem zu teilen und durch das gemeinsame Gespräch neue Anregungen zu erhalten. Sie muss nicht unbedingt den gleichen Interessen nachgehen, doch wünscht sie sich eine Beziehung, in der die Kommunikation spontan und ungehemmt fließt. Es ist möglich, dass sie diesen Teil jedoch nicht selbst lebt und daher einen Partner sucht, der die Initiative für gemeinsame Gespräche übernimmt.

Freude am Gespräch

Mit seiner Partnerin will Jan alles besprechen können. So fühlt er sich von kontaktfreudigen, sachlichen und vielleicht auch intellektuellen Frauen angezogen. Er möchte jemanden, mit dem er endlos Ideen und Informationen austauschen und über dieses und jenes diskutieren kann. Und natürlich soll seine Partnerin auch ihm zuhören. Wichtig ist für ihn die Möglichkeit, gegenseitig voneinander zu lernen.

Gefühle gehören dazu

Ein Mann, der seine emotionale Seite nicht verbirgt und Zuneigung, Weichheit und Zärtlichkeit als selbstverständliche Bedürfnisse zu äußern vermag, ist für Maike der ideale Partner. Sie weiß es vermutlich auch sehr zu schätzen, wenn ein Mann sich in der Küche zu schaffen macht, ein Baby in den Schlaf wiegt oder für eine Atmosphäre sorgt, in der sie sich warm und geborgen fühlt. Auch umgekehrt möchte sie ihren Partner vermutlich gerne umsorgen und wünscht sich, dass er mit all seinen kleinen Sorgen und Anliegen zu ihr kommt und Trost und Wärme bei ihr sucht.

Suche nach Geborgenheit und gefühlsmäßigem Austausch

Als Ergänzung zu seinem nicht ausgesprochen gefühlsbetonten Wesen möchte Jan eine Partnerin mit einer zärtlichen und gefühlvollen Seite. So mag eine Frau, die ihre Gefühle offen zeigt, auf ihn wirken, als würde er endlich diejenige finden, auf die er so lange gehofft und gewartet hat. Eine weiche, häusliche, gefühlvolle und warmherzige Frau mit viel Mitgefühl und Hilfsbereitschaft ergänzt sein Wesen aufs Beste.

Der Traum vom Idol

Partnerschaft beinhaltet für Maike auch eine romantische Note. So neigt sie zu »rosafarbenen« Vorstellungen, wartet auf einen Traumprinzen oder hat die Tendenz, mehr ein Wunschbild von Beziehung und Partner zu sehen als die Realität. Falls dann die Seifenblase platzt, mögen Enttäuschungen nicht ausbleiben. Es dürfte nicht immer einfach sein, mit der Sehnsucht nach absoluter Liebe und seelischer Einheit im Herzen einen Partner so zu sehen, wie er wirklich ist. Doch das Leben fordert sie auf, keine unerfüllbaren Bedingungen zu stellen, ihn weder mit einer Art Heiligenschein zu umgeben noch zu erwarten, dass er sich gänzlich für sie aufopfert.

Beziehung als Tor zu einer inneren Welt

Jan sucht in einer Partnerschaft einen romantischen, idealistischen und paradiesischen Aspekt des Lebens. Obwohl oder gerade weil er sich wahrscheinlich sehr um die Bewältigung des Alltags mit all seinen konkreten Details bemüht, braucht er eine einfühlsame Partnerin, die ihm hilfsbereit und hingebungsvoll zur Seite steht und ihn gleichsam in eine andere Welt entführt.
Musik oder Kunst kann ein wichtiger Teil seiner Partnerschaft sein, auch Meditation, die Beschäftigung mit übersinnlichen Dingen, Segeln oder eine andere Form von Wassersport. Gemeinsam an diesen Beispielen ist das Irrationale, Grenzenlose und Mystische, das Jan als Ausgleich für sein eher pragmatisches Verhalten in der Beziehung sucht, es idealisiert und sich vielleicht manchmal auch darüber ärgert. Das Helfen kann in seiner Beziehung zentrales Thema sein. Eine gewisse Neigung besteht, zu sehr von Wunschbildern auszugehen und in der Sehnsucht nach Verbundensein seine Partnerin nicht so zu sehen, wie sie wirklich ist. Auch Sucht und gegenseitige Abhängigkeit sind nicht auszuschließen.

Einmal mehr und einmal weniger

Vielleicht hat Maike manchmal den Eindruck, Partnerschaft sei nicht eingebunden in ihr übriges Leben. Bildlich gesprochen lebt sie den Bereich Beziehung auf der einen und die restlichen Lebensbereiche auf einer anderen Bühne. So pendelt sie hin und her, lebt vielleicht eine Zeit lang in einer Beziehung und trennt sich dann, um sich wieder ganz den restlichen Lebensbereichen zuwenden zu können. Beides miteinander zu einem harmonischen Ganzen zu verbinden mag für sie eine Aufgabe sein, für die sie viele Jahre braucht.

Das Dilemma von Nähe und Distanz

Jan möchte eine Beziehung, in der etwas läuft. Es wird ihm schnell einmal zu eng. Er braucht Abwechslung, Unabhängigkeit und Anregung und geht nicht gerne bindende Verpflichtungen ein.

Im besten Fall bringt er genügend frischen Wind in die Partnerschaft und sorgt auch dafür, dass ihm ein gewisser Freiraum bleibt. Doch oft, vor allem in jungen Jahren, gelingt es nicht ohne Weiteres, das richtige Maß von Nähe und Distanz, von Geborgenheit und Abwechslung zu finden. Das Unbewusste schafft den Ausgleich, indem es ihn Beziehungen zu unbeständigen, unkonventionellen oder viel abwesenden Partnerinnen eingehen lässt, sodass Nähe auf längere Zeit von vornherein ausgeschlossen ist. Auch dass er oder seine Partnerin hin und wieder aus der Beziehung ausbricht, ist denkbar. Letztlich ist dies ein Teil seiner Persönlichkeit, der sich gegen einen ruhigen, geregelten Alltag zu zweit auflehnt und eigenen Spielraum braucht.

PARTNERVERGLEICH

DAS SONNENZEICHEN: MEIN WEG – DEIN WEG

Das Zeichen, in dem die Sonne bei der Geburt eines Menschen steht, ermöglicht Aussagen über den inneren Wesenskern dieses Menschen.
Es beschreibt, welche Eigenschaften zutiefst wichtig sind und gewissermaßen den Lebensweg dieses Menschen prägen. An allen wichtigen Kreuzungen entscheidet sich jeder gemäß seinem inneren Wesen, und so ist letztlich der zurückgelegte Weg ein Abbild dieser inneren Struktur.

Maikes Wesenskern

Die Sonne im Zeichen Schütze kennzeichnet Maike als »elektrisch und positiv« veranlagten »gespannten Außenmenschen« mit Intuition, Gestaltungskraft, Zielbewusstsein, Weitblick, Kraftfülle, Wagemut, Geistesgegenwart, Beobachtungsgabe, Organisationstalent, Unabhängigkeitsdrang, aber auch Unbesonnenheit, Flatterhaftigkeit und Oberflächlichkeit. Im Verkehr mit anderen Personen zeigt sie sich schwärmerisch, selbstgefällig, strebsam, eifrig, begeistert, selbstständig, unternehmend, umsichtig, stolz, würdevoll, standesbewusst, manchmal aber auch eingebildet, aufdringlich, prahlerisch, überheblich, anspruchsvoll, leichtsinnig und behaglichkeitsliebend.
   Sie kann sehr lebhaft, ausgelassen und fröhlich sein, verfolgt gern hohe Ideale, erlebt aber auch schwere

Enttäuschungen, wenn sie der Entwicklung ihrer ideellen Ziele nicht genügend Zeit lässt oder vorzeitig die Geduld verliert. Ihre geistige Lebhaftigkeit verlangt nach Gedankenaustausch und Befriedigung des Wissensdurstes, die körperliche Behändigkeit sucht ständig nach Betätigung, sei es im Beruf oder auch beim Sport. Im geselligen Kreise wird gern die Führung der Unterhaltung übernommen. Frohsinn artet leicht in Übermut aus, Offenheit kennt zuweilen keine Grenzen, Voreiligkeit führt zu Fehlschlägen. In diesen Eigenschaften liegen oft die Grundlagen zu Differenzen im Zusammenleben. Leider werden häufig fremde Personen ins Vertrauen gezogen, anstatt alle Angelegenheiten nur innerhalb der Familie zu besprechen. Den traditionellen Regeln entsprechend sollen »Schützengeborene« im Allgemeinen zweimal heiraten.

Der Grund hierzu kann darin liegen, dass eine Verbindung voreilig und unüberlegt geschlossen wird, worauf dann die Enttäuschung folgt. Sie braucht einen Ehegefährten, der ihr einen festen Halt bietet, aber auch gleiche Interessen hat, um die Freizeit gemeinsam zu gestalten. Andernfalls liegt die Gefahr vor, dass der »Schütze« – ebenso wie der »Zwilling« – eigene Wege geht, sich einen anderen Sportkameraden, Tanzpartner oder Kunstfreund sucht.

Sie liebt Harmonie, ein gemütliches Heim und eine etwas großzügige Lebensweise, sie macht gern Pläne, schwärmt von ihrem geliebten Menschen und von ihrem Glück.

Der Wesenskern von Jan

Jan hat einen ausgeprägten Willen. Wenn er sich etwas vorgenommen hat, ist er überzeugt, es auch zu erreichen, gemäß dem Motto: »Was ich will, das kann ich auch!« Er weiß, was er will, und geht seinen eigenen Weg. Was andere dazu sagen, beeindruckt ihn kaum. Das kann dazu führen, dass er andere übergeht und mit seiner etwas ungestümen Art vor den Kopf stößt. Er hat den Mut, zu sich selbst zu stehen und Dinge auszuprobieren, ohne zu wissen, was dabei herauskommt.

Sein innerstes Wesen hat etwas von einem Pionier; er mag es, Neuland zu erobern. Vermutlich faszinieren ihn Menschen, die auf irgendeiner Ebene Pioniere sind oder waren, und er strebt ihnen nach. Leben heißt für Jan, mit Initiative etwas Unbekanntes zu erobern. Er braucht Widerstand, gegen den er kämpfen kann. Er ist im innersten Kern mutig und drängt nach Bewegung und Taten. Ein allzu ruhiges, harmonisches Leben lässt ihn leicht unzufrieden, ungeduldig oder aggressiv werden. Jan ist von seiner eigenen Stärke und seinem Willen überzeugt. Dies verleiht ihm einerseits Mut zur Tat, andererseits kann es ihn auch von seinen Mitmenschen isolieren. Vielleicht verurteilt er ein aufeinander Eingehen allzu schnell als Unentschlossenheit und Schwäche.

Er hat große Fähigkeiten für einen Beruf oder eine Tätigkeit, in der Initiative und Mut gefragt sind. Jan bringt ein Projekt in Gang und, falls keine anderen Anlagen seiner Persönlichkeit dafürsprechen, überlässt die Ausführung lieber den anderen. Geduldige Kleinarbeit liegt ihm weniger.

Maikes Gefühlswelt

Für ihre Handlungen und Entscheidungen ist das Gefühl sehr stark bestimmend. Sie handelt impulsiv, voreilig, ist im Eifer weder zurückzuhalten noch zu überzeugen, lässt sich von ihren Zielen schwer abbringen, ist sich ihrer Fähigkeiten und ihres Erfolges sicher und leidet oft an Selbstüberschätzung. In der Liebe ist sie rasch entflammt und begeistert. Sie ist zu jedem Kampf entschlossen, um sich das Herz des geliebten Menschen zu erobern, und bezwingt durch die Tiefe des Gefühls und der Leidenschaft.

Sachliche Erwägungen werden leicht übersehen, wenn es gilt, eine Eroberung zu machen. Eine Ehe wird leicht übereilt eingegangen; ist das Ziel erreicht, tritt leicht eine Ernüchterung ein. Wer von den Ehepartnern den Mond im Widder hat, wird gern die Führung in der Ehe übernehmen. Mit ihrem Mond im Widder verlangt sie nach einem Gatten, der ihr überlegen ist, zu dem sie emporschauen kann, um dessen Zuneigung sie kämpfen will. Wenn sich der Verwirklichung Ihrer Ziele Schwierigkeiten entgegenstellen, so wird sie den Kampf nicht aufgeben, selbst wenn er durch eine bereits eingegangene Bindung des Partners aussichtslos erscheint.

In manchen Fällen sind die aufgrund der Mondstellung im Widder gegebenen kämpferischen Eigenschaften geradezu notwendig, um nicht nur den Bestand der Ehe, sondern auch die Existenz zu gewährleisten.

Die Gefühlswelt von Jan

Jan liebt Leichtigkeit und Abwechslung. Seine Emotionen werden eher durch neue Eindrücke als von tiefen Leidenschaften in Bewegung gebracht. Möglicherweise hat er Mühe, tiefe Gefühle zuzulassen. Er denkt über seine Empfindungen nach, beobachtet die inneren Regungen und spricht darüber. Er weiß, was er braucht und wie er reagiert. Dabei hält er eine Art innere Distanz zu seinen Gefühlen.

Der Kontakt mit anderen Menschen und das Gespräch sind Jan wichtig und geben ihm ein Gefühl der Lebendigkeit. Wenn er über die Emotionen sprechen kann, die ihn zutiefst bewegen, fühlt er sich verstanden und geborgen. Er neigt jedoch auch dazu, dies zu übertreiben und lieber über Gefühle zu sprechen, als sich ins Erleben einzulassen.

Probleme und Konflikte versucht Jan, mit dem Verstand zu lösen. Die Einstellung, dass durch Nachdenken aus jeder Situation ein Ausweg gefunden werden kann, vermittelt ihm den Eindruck rationaler Überlegenheit, der schon fast an Oberflächlichkeit grenzt. Er kann dann seine Intelligenz dazu missbrauchen, alles zu verstehen und zu erklären, ohne einen eigenen Standpunkt zu beziehen. Gefühlsmäßige Erlebnisse können Jan weiterhelfen, die Vielseitigkeit des Lebens kennen zu lernen. Das wäre für ihn eine Möglichkeit, seiner emotionalen Welt näherzukommen. Er ist flexibel und kontaktfreudig. Man könnte ihn mit einem Schmetterling vergleichen, der von Blüte zu Blüte gaukelt, überall ein wenig Nektar nascht und nirgends lange verweilt.

So mag ihm beispielsweise ein unverbindlicher Flirt mehr Spaß machen als eine aufwühlende Leidenschaft. Wenn nicht andere Neigungen dafür sprechen, geht er komplizierten Beziehungen und Abhängigkeiten aus dem Weg. Das Bild des Schmetterlings dürfte auch für seine spontanen Reaktionen passen. Er geht mit einer gewissen Leichtigkeit und Flexibilität durch den Alltag. Seine Lernbereitschaft und Offenheit für neue Erfahrungen lassen ihn auch in unbekannten Situationen schnell und richtig reagieren.

Das Zusammenspiel von Widder-Naturell und Schütze-Naturell

Ein aktives und unternehmungslustiges Temperament trifft sich mit einem weltoffenen, flexiblen und kontaktfreudigen Typ. Maike lebt so richtig auf, wenn etwas läuft. Jan fühlt sich wohl, wenn er Neues zu sehen bekommt und mit vielen Menschen ein Gespräch anknüpfen kann. So dürfte gemeinsamen Unternehmungen, Sonntagsausflügen und Ferien kaum etwas im Wege stehen. Maike ergreift spontan die Initiative, Jan gibt dem Ganzen eine sachliche und gefällige Note.

Auch im täglichen Zusammenleben dürfte der springende Funke oft von Maike stammen. Jan nimmt die Anregung interessiert auf. Wenn sie im Alleingang vorwärtsstürmen will, sorgt er für eine kameradschaftliche Gemeinsamkeit. Grundsätzlich reagiert sie zielgerichteter, Jan wägt objektiv ab. Kleine tägliche Entscheidungen – welche Kleidung, welches Essen und Ähnliches – können ihm fast Bauchweh bereiten. In vielen

Fällen dürfte er Maikes direktes Einschreiten sehr schätzen.

Sie fühlen sich beide wohl, wenn sie mit der Außenwelt in Kontakt stehen, etwas unternehmen und erfahren können.

Gemeinsame Erlebnisse sowie ein kameradschaftliches Zusammenleben bilden eine solide Basis in ihrer Beziehung.

GEGENSEITIGE BEEINFLUSSUNG

Eine Liebesbeziehung hinterlässt Spuren. Wir lassen uns ein und lassen den Partner nahe an uns heran. Wir tauchen gleichsam in seine Energie ein und werden durch ihn verwandelt.

Es gibt sehr viele Bereiche, in denen ein Paar sich finden kann. Diese enthalten sowohl Eigenschaften, die einen harmonischen Einklang in eine Beziehung bringen, wie auch solche, die über kürzere oder längere Zeit zu Reibungen führen, um so das psychische Wachstum beider Beteiligten in Gang zu setzen. Wie sie als Paar mit den Konflikten umgehen, ob sie miteinander Lösungen suchen und daran wachsen, ob sie sich jahrelang das Leben sauer machen oder ob sie sich trennen, ist aus dem Geburtsbild nicht ersichtlich.

BEREICHE MIT HARMONISCHEM EINKLANG

Ein Wegweiser zu den Wurzeln des Seins

Maikes persönliche Ausstrahlung, ihr Wesen und ihr Lebenskonzept verkörpern viel von dem, was Jan in seinem tiefsten Inneren als seine Wurzeln erkennt. Vielleicht erinnert sie ihn an seine Kindheit und Herkunftsfamilie. Gleichermaßen möglich ist ein durch sie ausgelöster Impuls, der ihn veranlasst, mehr in sein Inneres zu horchen und sich mit seinen Gefühlen sowie seinem Wunsch nach Geborgenheit näher zu befassen. Er sieht in ihrem Wesen eine Art Geborgenheitsspenderin und ermuntert sie dadurch, ihre ganze Strahlkraft und Herzlichkeit zum Ausdruck zu bringen.

Viel Sinn für Partnerschaft

Jan ist die Gemeinsamkeit mit ihr wichtig. Da ihm ein harmonisches Zusammenleben mit ihr sehr am Herzen liegt, ist er auch bereit, sich anzupassen. Er hebt das Verbindende und Gemeinsame hervor. Beispielsweise übernimmt er ein Hobby von ihr, damit er die Freizeit gemeinsam mit ihr verbringen kann. Oder er bemüht sich um freundliche und rücksichtsvolle Umgangsformen. Auch Maike dürfte die Beziehung zu Jan als ein zentrales Lebensthema betrachten und sich mit ihrem ganzen Wesen einlassen.

Eine zuverlässige Rückendeckung

Verantwortung wird in Maikes Beziehung großgeschrieben. Wenn sie sich für einen gemeinsamen Lebensweg entschieden hat, so hat dies für beide weitreichende Gültigkeit. Vor allem Jan dürfte mit Ernst und Ausdauer ihrer Beziehung einen Rahmen setzen. Maike mag sich dadurch in ihrem tiefsten Wesenskern angesprochen fühlen und seine Sicherheit und Stabilität schätzen.

Jan dürfte in ihr jemanden sehen, der die Facetten seines Wesens zum Strahlen bringt, die er eigentlich auch gerne ausdrücken möchte. Neben Faszination und Bewunderung löst dies in ihm eine Art Beschützerinstinkt aus und er möchte ihr jede Unterstützung zukommen lassen. Vermutlich bietet er ihr eine zuverlässige Rückendeckung, wenn sie »auf die Bühne des Lebens tritt« und beispielsweise in einer beruflichen Tätigkeit ihren eigenen Weg sucht.

Beziehung als ein »sicherer Hafen«

Die Beziehung vermittelt ihnen beiden ein Gefühl der Sicherheit, dass sie sich vielleicht nicht rational erklären können. Maike fühlt sich vermutlich im Zusammensein mit Jan vor den Stürmen des Lebens geschützt. In ihm hat sie jemanden gefunden, der ihren Gefühlen, Wünschen und Bedürfnissen sowie ihrer empfindsamen und kindlich-spontanen Seite mit Ernst und Achtung begegnet und an dessen Schulter sie sich auch einmal ausweinen kann. Jan baut ebenfalls auf diese Partnerschaft, fühlt er sich ihr gegenüber in einer Art Beschützerrolle, die sein Verantwortungsbewusstsein und seine strukturierenden und ordnenden Fähigkeiten wachruft. Auch ebnet ihm ihre emotionale Ausdrucksweise den Weg zur eigenen Gefühlswelt und ermuntert ihn, sich vermehrt »berühren« zu lassen.

Gleiche Wellenlänge

Maike will sich Jan mitteilen können und auch er möchte ihr Verständnis. Wie zwei Funkgeräte, die auf ähnliche

Wellenlänge eingestellt sind, vermögen sie leicht, Daten auszutauschen.

Auch dürfte Maike sich vom anderen verstanden und akzeptiert fühlen. Sie zeigt Interesse für die Schwerpunkte in seinem Leben und steht ihm mit manchem guten Rat zur Seite. Sie vermittelt ihm Informationen und unterstützt ihn als eine Art Vermittlungsstelle oder Sachberater auf seinem Selbstverwirklichungsprozess.

Doch auch Jan ist ihr in mancher Hinsicht ein Vorbild. Seine Art und Weise, das Leben anzupacken, dürfte ihr Denken stark beeinflussen.

Eine gute Verständigung

Maikes Art, zu denken und zu kommunizieren, ist derjenigen von Jan ähnlich. So dürfte das Gespräch zwischen ihnen wie ein munterer Bergbach ungehindert fließen. Gedankenaustausch, die Absprache eines reibungslos funktionierenden Alltags und das Äußern von Wünschen und Erwartungen an den Partner – all dies mögen wichtige Bereiche in ihrem gemeinsamen Leben sein. Ihre beiden Denkweisen vertragen sich gut miteinander und ermöglichen ein hervorragendes gegenseitiges Verständnis.

Ein gutes Zusammenspiel von Planung und Ausführung

Maike spricht etwas aus und Jan setzt es in die Tat um. Obwohl in einer Beziehung das Zusammenspiel beider Partner viel komplizierter verläuft, als es dieser Satz vorgibt, dürfte er sich doch als ein Grundmuster in ihrem gemeinsamen Leben herauskristallisieren. Sie äußert ihre Gedanken und Ideen, holt sich beispielsweise Informationen für den Kauf eines neuen Teppichs, überlegt sich Preis, Größe und Farbe und spricht mit Jan darüber. Er setzt eines Tages das Vorhaben in die Tat um und kauft den Teppich. Dieses Zusammenspiel von Planung und Ausführung ermöglicht beiden eine effiziente Alltagsbewältigung, aber auch eine ausgezeichnete berufliche Zusammenarbeit.

Ein großzügiges Gesprächsklima

Was Maike denkt und sagt, löst bei Jan ein großzügiges Wohlwollen aus. Er scheint sie dauernd zu ermuntern, ihren Gedanken nachzugehen und diese auszusprechen, Neues zu lernen und Kontakte zu anderen Menschen zu schließen. Wenn sie gemeinsam über etwas diskutieren, bringt Maike eher sachliche Argumente und Fachwissen ein. Tendenziell stellt Jan ihre objektiven Informationen in einen größeren Zusammenhang und gibt seine subjektive Meinung dazu ab. Diese Verschiedenheit ermöglicht ihnen eine gegenseitige Ergänzung und umfassendere Sichtweise.

Ein weites Herz

Eine höfliche Zuvorkommenheit, charmante Umgangsformen und das Bestreben nach einem weiten, harmonischen Klima sind in Maikes Beziehung mit Jan vermutlich eine Selbstverständlichkeit. Ihr Partner dürfte sie allein durch die eigene Ausstrahlung und Wesensart ermuntern, ihm mit viel Wertschätzung und Toleranz zu begegnen, in der Gemeinsamkeit neue Erfahrungen zu suchen und auch einmal gegebene Grenzen zu überschreiten. Ein weites

Herz Maike gegenüber ist der beste Beitrag von Jan für eine schöne Zweisamkeit, für erotischen Zauber und eine friedliche Harmonie.

Der gemeinsame Traum von einer besseren Welt

Zusammen Luftschlösser zu bauen fällt ihnen vermutlich nicht schwer. Sie regen sich gegenseitig dazu an, der realen Welt von Raum und Zeit zu entfliehen und nach etwas Größerem und Sinnvollerem zu suchen, beispielsweise in einer Religion oder einem Idealbild, wie die Welt und das Leben sein könnten. Aus dieser allumfassenden Haltung heraus motivieren sie sich gegenseitig zu Großzügigkeit und Hilfsbereitschaft.

Öl im Feuer

In Bereichen, in denen Maike zu Optimismus und vielleicht auch Maßlosigkeit neigt, scheint Jan noch »Öl ins Feuer zu gießen«. So kann es geschehen, dass ihnen kaum etwas groß genug ist. Sie vergessen dann gemeinsam ihre inneren und äußeren Hemmschwellen und machen Unmögliches möglich. Es gibt vermutlich in ihrem Leben immer wieder Situationen, in denen sie sich selbst übertreffen, bestehende Grenzen im Positiven wie auch im Negativen überschreiten und sich neue Horizonte eröffnen.

Gegenseitige Unterstützung

Wenn es darum geht, Verantwortung zu tragen und Strukturen zu setzen, sind sie ein gutes Gespann. Gilt es, eine Aufgabe zu lösen, so dürfte eine allfällige Konkurrenzhaltung in den Hintergrund treten. Sie haben die besten Voraussetzungen, miteinander das Erforderliche zu tun und einen großen gemeinsamen Arbeitseinsatz bringen zu können. Gegenseitig geben sie sich dadurch Sicherheit und Selbstvertrauen.

Der Mittelweg zwischen Alt und Neu

Wenn es um einen Mittelweg zwischen Bewahren des Althergebrachten und der Verwirklichung zukunftsträchtiger Ideen geht, sind sie zusammen ein ausgezeichnetes Team. Sie dürften oft neue Impulse in ihr gemeinsames Leben einbringen. Jan übernimmt die Rolle des Realisten, prüft ihre Anregungen auf Vernunft und Realisierbarkeit und unternimmt bei positivem Befund die konkreten Schritte. So bleiben sie zusammen weder im Alten haften noch wird ihr Leben durch allzu viele Umbrüche aus den Angeln gehoben. Der Umgang mit Veränderung und Stabilität kann zu einem Spiel werden, das im Laufe des Zusammenlebens immer reibungsloser abläuft.

Der »Traumprinz«

Maike bewundert Jan vermutlich sehr. Sie mag ihm vor allem in der ersten Zeit ihrer Bekanntschaft jeden Wunsch von den Augen abgelesen haben. Ihr Vertrauen in ihn und seine Fähigkeiten kennen kaum Grenzen. Jan mag es dabei ergehen wie einer Blume im Frühling. Er blüht unter den wärmenden Sonnenstrahlen geradezu auf. Er fühlt sich anerkannt und geschätzt. Sein Selbstvertrauen nimmt durch ihre zuversichtliche Haltung zu. Dass sie Jan so zugetan ist, weiß er zu schätzen, ja, er sonnt sich vermutlich geradezu in ihrer Zuneigung und verwirklicht Dinge, an die er allein nicht einmal zu denken gewagt hätte.

Gleichzeitig neigt sie dazu, Jan nicht so wahrzunehmen, wie er ist, sondern ihn durch die Brille ihres »Traumprinzen« zu sehen. Dies kann zu Missverständnissen führen und ihr manche Enttäuschung bringen. Es lehrt sie aber auch, romantische Vorstellungen und Realität voneinander zu unterscheiden. Wie lange die enorme gegenseitige Faszination anhält, hängt vor allem davon ab, ob sie in Jan ein Ideal bewundert oder ob sie bereit ist, ihn auch als Mensch mit Fehlern und Schwächen wahrzunehmen und zu akzeptieren.

Beflügelte Fantasie

Maike verfügt über eine ausgezeichnete Fähigkeit, die Gedanken ihres Partners geradezu zu lesen und das rationale Denken mit Fantasie und Farbe zu beleben. Doch stößt sie möglicherweise im Austausch mit Jan auch immer wieder auf eine Abneigung gegen konkrete Tatsachen. Irdische Banalitäten sind ihr kaum wert, durchdacht und diskutiert zu werden, und so mag er hin und wieder auf eine Mauer des Schweigens treffen.

Wenn er das Gespräch immer wieder von Neuem sucht und auch Unschönheiten klar zur Sprache bringt, wächst ihr Vertrauen, auch schwierige Dinge mit ihm besprechen zu können. Ihr Einfühlungsvermögen in seine

Gedankenwelt und ihre intuitive Beurteilung einer Idee können zusammen mit seiner Sachlichkeit und seinem konkreten Wissen ein Gespräch zu einer Freude und Bereicherung für sie beide werden lassen.

Leidenschaftliche Gefühle

Wenn Jan seine Gefühle zeigt, so trifft er damit auf ihre tiefgründige Seite und weckt gewissermaßen den »schlafenden Drachen« in ihr. Dies dürfte ihrer Beziehung viel Intensität, Leidenschaft und Tiefe verleihen.

Falls sie mit ihrer Gefühlswelt im Unreinen ist, kann sie verletzend oder manipulierend reagieren. Aus einer inneren Unsicherheit versucht sie dann, Kontrolle über seine Gefühle zu erlangen. Vielleicht braucht sie immer wieder neue Liebesbeweise, bis ihre Forderungen für ihn allzu beengend werden. Hat sie genügend Selbstvertrauen, sodass sie ihn nicht übermäßig an sich zu binden und zu beherrschen braucht, so wirkt ihr Einfluss wohltuend und vertrauenerweckend.

Fast könnte man sagen, sie übernimmt für Jan die Funktion eines Psychoanalytikers, hilft sie ihm doch, wunde Punkte, wie zum Beispiel Kindheitstraumata, nach und nach an die Oberfläche zu bringen und zu heilen. So können Nähe und Liebe gleichermaßen Himmel und Hölle sein, kaum jedoch langweilig und flau.

Ein gewaltiges Energiepotenzial

Ihre gegenseitige körperliche Anziehung ist außerordentlich stark. Vermutlich ist sie fasziniert von der männlichen

Erscheinung ihres Partners. Seine kraftvolle Ausstrahlung hat fast etwas Beängstigendes. Da sie seine Motivationen sehr gut durchschaut und sich Konfrontation, Leidenschaft und Intensität vermutlich ebenso leicht stellt wie Jan, dürfte es in ihrer Beziehung kaum an heftigen Szenen mangeln. Diese heftigen Auseinandersetzungen bieten ihr die Möglichkeit, mit der eigenen männlich-aktiven, durchsetzungsfähigen und willensstarken Seite in Kontakt zu kommen. Solange Fairness und Gewaltlosigkeit gewährleistet sind, reifen sie beide an diesem Kräftemessen. Vor allem sie vermag sich im Umgang mit heftigen Gefühlen und Reaktionen zu verfeinern. Die gewaltige Energie, die sie sich gegenseitig mobilisieren, können sie beispielsweise in einem gemeinsamen Arbeitsprojekt produktiv und sinnvoll nutzen.

MÖGLICHE SCHWIERIGKEITEN UND »REIBUNGSFLÄCHEN«

Reibung ist meistens unangenehm und die meisten Menschen hätten viel lieber eine nie endende Harmonie und Glückseligkeit in der Partnerschaft. Dabei vergessen wir, dass Konflikte und Probleme uns zu Veränderung und psychischem Wachstum motivieren. Wir suchen gleichsam Probleme, weil wir ihre Geschenke brauchen. Wenn wir Schwierigkeiten aus dieser Sicht betrachten können, verlieren diese einiges an Schwere.

Die Länge dieses Kapitels im Vergleich zu den harmonischen Seiten ihrer Partnerschaft ist kein Maß für die Qualität ihrer Beziehung und hängt vielmehr damit zusammen, dass die Spannungen oft ausführlich beschrieben sind. In der Regel sind es ja die Unstimmigkeiten, die interessieren.

Idealismus und hohe Erwartungen, Bewunderung und Anerkennung sind zentrale Themen in ihrer Beziehung. Allein durch ihre Anwesenheit und ihre Ausstrahlung wecken sie sich gegenseitig den Wunsch nach Selbstverwirklichung und motivieren den Partner, seine besten Facetten zum Vorschein zu bringen.

Einerseits unterstützen sie sich bei der Entfaltung ihrer Talente, andererseits besteht auch die Neigung zu allzu hohen Erwartungen, sei es, dass einer den anderen im Übermaß idealisiert und bewundert und gerade dadurch eine Kluft schafft, oder dass der eine Partner seinen Lebenssinn zu sehr aus dem Wirken des anderen schöpft. Wenn sie beide mit dem Übermaß von Bewunderung und der »Das-kannst-du-doch-Haltung« umgehen lernen, so können sie vermehrt die positiven Seiten dieser überschwänglichen Einstellung genießen, nämlich Weite, Toleranz und Großzügigkeit. Vermutlich werden sie sich gegenseitig viele Türen zu neuen Erfahrungen öffnen und Wachstum im materiellen wie im geistigen Bereich wird zu einem ausgeprägten Kennzeichen in ihrem Leben.

Gefühl und Intellekt

Wenn Jan Gefühle zeigt, sucht Maike vermutlich oft nach Erklärungen und weicht in Sachlichkeit und Intellekt aus. Wenn sie umgekehrt ihm ihre Gedanken und Ideen mitteilen möchte, so dürfte er oft auf einer emotionalen Ebene reagieren und nur bedingt für ein sachliches Gespräch bereit sein. Ihr Denken und Rationalisieren ruft gewissermaßen als Gegenpol seine emotionale Seite mit all den Lust- und Unlustgefühlen, Bedürfnissen und Wünschen hervor.

Diese durch ihre beiden Charaktere gegebene Grundsituation kann sowohl Spannungen und Missverständnisse wie auch eine sehr lebendige Gemeinsamkeit mit Einbezug von Gefühl und Intellekt zur Folge haben. Es hängt weitgehend von der gegenseitigen Bereitschaft ab, den Partner so zu akzeptieren, wie er ist, wenn es ihnen gelingt, die Unterschiede in ihrem Erleben und Reagieren als Bereicherung und nicht als Angriff, Abwertung oder Einschränkung zu betrachten.

Die Unvereinbarkeit von Harmonie und Verstand

Wenn Jan die Nähe und Beziehung zu ihr so richtig genießen möchte, kann sie manchmal der harmonischen Stimmung mit einer nüchternen Bemerkung den ganzen Zauber nehmen. Sind beide in eine spannende Diskussion vertieft, ist ihm die konzentrierte geistige Anstrengung leicht zu viel. Er lässt den Gedanken fallen, wechselt auf eine mehr erotische Ebene, sucht ihre Nähe oder sagt einfach Ja, um dem Gespräch ein Ende zu bereiten.

In diesen etwas überspitzten Beispielen geht es um die beziehungsorientierte, erotische und harmoniebedürftige Seite von Jan, die bei ihr den sachlichen Verstand und ihre Freude am Gespräch, an Logik und Informationsaustausch wecken. Sobald sie beide mit diesen Teilen oder Rollen ihrer Persönlichkeit identifiziert sind, lassen sich Spannungen nur durch eine außerordentliche gegenseitige Toleranz abbauen.

Je mehr sie beide den Partner, die Situation und sich selbst so nehmen, wie sie nun einmal sind, desto mehr können sie sich auch über ihre Charaktere freuen und voneinander lernen.

Gute Einfälle wollen durchdacht sein

Wenn Maike etwas erzählt, bringt sie Jan vermutlich oft auf neue Ideen. Aufgrund einer vielleicht belanglosen Bemerkung ihrerseits findet er plötzlich, man könnte dieses oder jenes verändern oder unternehmen. Ihr mag die Aufgabe zufallen, das Ganze durchzudenken, was Jan dann vermutlich viel zu lange dauert. Vor allem wenn sie lieber langsam und gründlich nachdenkt, dürfte sie sich von der Sprunghaftigkeit ihres Partners überfordert fühlen. Auch eine humorvoll gemeinte Bemerkung mag schnell von ihr als geringschätzige Anspielung missverstanden werden. Umgekehrt können ihre sachlichen und fachlichen Argumente Jan an unliebsame Kindheitserlebnisse mit einem Lehrer oder einem anderen »Wissensvermittler« erinnern. Solche Situationen könnten zu erheblichen Spannungen führen, vor allem wenn Jan seinem unsteten und abenteuerlustigen Persönlichkeitsteil freie Bahn lässt und ihre sachlichen Argumente einfach vom Tisch wischt.

Andererseits steckt in dieser Spannung auch sehr viel Energie. Es geht darum, diese nicht gegeneinander, sondern für gemeinsame Ziele einzusetzen. Beispielsweise bringt Jan die spontanen Einfälle, während sie diese aufgreift und durchdenkt. Jan fällt wiederum die Aufgabe zu, den Mut zum Sprung ins Unbekannte aufzubringen.

Unterschiedliche Vorstellungen von Beziehung

Maikes Art, auf einen Partner zuzugehen, Nähe zuzulassen und das Gemeinsame zu suchen, dürfte sich vom Verhalten ihres Partners unterscheiden. Doch sind sie trotzdem gut in der Lage, sich aufeinander einzustimmen, denn sie ergänzen sich beide und verfügen über ein breites Spektrum an Möglichkeiten, um miteinander in Kontakt zu treten.

Trotzdem ist nicht alles eitel Freude. Sie dürften im gemeinsamen Alltag beide auch den Widerwillen gegen den anderen kennen, wenn Jan auf eine ganz andere Weise Beziehung und Nähe sucht, als sie es tun würde, und umgekehrt.

Anlagen zu außerordentlichen Leistungen

Obwohl Jan Maike gegenüber zumindest anfänglich eher zurückhaltend war, dürfte ihn ihre Tatkraft und Handlungsweise beeindrucken. Vielleicht ist seine Reaktion ihr gegenüber entfernt vergleichbar mit dem Eindruck, der beim Anblick einer Raubkatze hochkommen mag: Achtung, Ehrfurcht und das Bewusstwerden der eigenen Schwerfälligkeit.

Aus dieser Haltung heraus sind langfristig zwei Reaktionen möglich. Wenn Jan ihre direkte Kraft und Energie nicht bedrohlich erscheint, vermag er ihr gerade durch seine zurückhaltende und kritische Art Wege aufzuzeigen, wie sie diese sinnvoll nutzen kann. Beispielsweise in einer beruflichen Tätigkeit kann er lenkend und beratend auf ihren Tatendrang Einfluss nehmen.

Fühlt Jan sich jedoch verunsichert, so bekommt sie von ihm vorwiegend Zurückhaltung, Kritik und Druck zu mehr Leistung zu spüren. Er zieht sich zurück, verweigert ihr die offene Konfrontation oder aber setzt ihr klare Grenzen. Sie will sich ihm gegenüber lautstark und tatkräftig zum Ausdruck bringen. Wenn er nicht angreifbar ist, schluckt sie ihren Ärger mit großer Wahrscheinlichkeit hinunter. Ohne die Möglichkeit zur gegenseitigen Reibung kühlt die Beziehung auf die Dauer ab. Das Miteinander »vertrocknet« dann mehr und mehr zu einem leblosen Nebeneinander.

Maike weckt die kritische, zielstrebige, ausdauernde und realitätsnahe Seite in Jan und er mobilisiert ihren Tatendrang. Dies ist eine ausgezeichnete Voraussetzung für gemeinsame Ziele beruflicher und privater Art. Jan klärt Möglichkeiten ab und setzt den Rahmen und sie macht sich ans Werk. Gemeinsam sind sie außerordentlich leistungsfähig und müssen vielleicht sogar darauf achten, dass sie nicht dem eigenen Ehrgeiz und Leistungsdruck verfallen.

Mein Schatz kann alles

Möchte Maike mit Jan zusammen einen romantischen Traum verwirklichen? Vermutlich hat sie in ihm zu Beginn ihrer Bekanntschaft eine Art »edlen Ritter« gesehen, eine verklärte Verkörperung von Mut, Wille und Tatkraft.

Er war für sie das Idealbild eines Mannes schlechthin. Er seinerseits fühlte sich von ihrer romantischen Faszination hingerissen und dürfte sich alle Mühe gegeben haben, sie zu verführen. Mit der Zeit schwindet der goldene Schimmer und die Beziehung muss sich im Alltag und im gemeinsamen Zusammenleben bewähren.

Maikes Vorstellung von Partnerschaft als einer eher platonischen oder spirituellen Gemeinsamkeit stößt auf die Forderung des Alltags. Die männliche Kraft, die sie aus der Ferne so unwiderstehlich anzog, dürfte ihr im täglichen Leben fast zu viel werden. Es fällt ihr vermutlich nicht leicht, sich der direkten Durchsetzungskraft ihres Partners zu stellen, und sie neigt dazu, der lebensfrohen, roheren und ungeschliffeneren Seite von Jan auszuweichen. Eine offene Stellungnahme meidet sie gerne und reagiert auf Schwierigkeiten, indem sie sich zurückzieht oder die Rolle der Märtyrerin übernimmt und schwach und passiv alles über sich ergehen lässt. Damit wiederum provoziert sie Wut und Aggression in Jan, denn er will sich dem Problem stellen und trifft ins Leere. Immer wieder dürfte er ihr den Fehdehandschuh hinwerfen. Sie tut sich schwer, diesen aufzuheben und die Differenzen offen auszutragen. Es ist auch möglich, dass die Rollen umgekehrt belegt sind, sie sich durchsetzt und ihr Partner Mühe hat, ihr mit seinem Willen entgegenzutreten.

Nur wenn sie den Mut aufbringen, sich gegenseitig immer wieder aufrichtig ihre Meinung zu sagen und sich einander dem Leben zu stellen, finden sie zu der Faszination ihrer ersten gemeinsamen Tage zurück. Sie wird dann für Jan zur Motivation, seine Männlichkeit und Tatkraft zu verfeinern. Umgekehrt kann seine Entschlossenheit ihr helfen, lange gehegte Wunschträume zu verwirklichen.

Ein Wegweiser in Gefühlswelt und Privatsphäre

Wie jedermann hat auch sie Vorstellungen, was sie in Beruf und Gesellschaft verwirklichen möchte. Ihre Ziele kommen Jan sehr vertraut vor. Vielleicht hat er den Eindruck, sie diesbezüglich sehr gut zu verstehen. Vielleicht scheint es ihm auch, er sei längst am Ziel, auf das sie mit viel Einsatz und Anstrengung zustrebt. Doch mag das Vertrauen, das er in ihre beruflichen und gesellschaftlichen Belange steckt, auf keinem soliden Fundament stehen, und er muss seine Vorstellungen mit vielen kleinen und größeren Enttäuschungen loslassen. Ihr gemeinsamer Weg liegt nicht so sehr im beruflichen Bereich, sondern weist mehr in innere und seelische Bereiche.

Der Wunsch nach Eins-Sein

Vermutlich erlebt sie mit Jan ein Gefühl des Eins-Seins. Seine Stimmungen, Sorgen und Freuden empfindet sie mit. Ähnlich wie eine Mutter spürt, was ihr kleines Kind braucht, so nimmt sie vieles ohne Worte wahr. Ihre selbstlose Hingabe mag sich in erster Linie durch Zuhören und Mitfühlen zeigen. Beide mögen sich nach einer totalen Verschmelzung sehnen. Dies kann viel Freude, Tiefe und Erfüllung bringen, vorausgesetzt sie sind bereit, ihren Partner so zu sehen, wie er ist, und nicht, wie sie ihn gerne haben möchte. Wenn Jan seine

Gefühle zeigt, erlebt er sie einerseits als sehr hilfsbereit und mitfühlend, andererseits auch als nicht fassbar. Möglicherweise sind ihre Hingabe und Bereitschaft, ganz auf ihn einzugehen, so groß, dass er sie als eine von ihm getrennte Persönlichkeit gar nicht mehr spürt. Sie ist in solchen Momenten nur für ihn da und existiert gewissermaßen selbst gar nicht mehr. Dies kann sie sehr verunsichern und in ihnen beiden das Gefühl auslösen, sich in einem diffusen Nebel verirrt zu haben.

Wer hat die Macht?

Trotz einer magnetischen Anziehungskraft und gegenseitigen Faszination haben sie mit großer Wahrscheinlichkeit oft Machtkämpfe auszutragen. Der Schöpferdrang, die Kreativität und der Wille ihres Partners beeindruckt sie tief und trifft möglicherweise auf eine empfindliche Stelle. Vielleicht weckt Jan in ihr eine tiefe Angst über die eigene Unzulänglichkeit. Je nach ihrer persönlichen Reife unterstützt oder untergräbt sie seine Bestrebungen nach Selbstausdruck.

Sie verfügt über subtile Möglichkeiten, sein Selbstwertgefühl zu beeinflussen und Vertrauen oder Zweifel in sein Herz zu säen. In ihrer Beziehung ist die Frage, wer die Fäden in der Hand hält, wichtig. So mag es Zeiten geben, wo Liebe und Zuneigung einem harten Kräftemessen weichen. Dies kann sowohl offene Konfrontation wie ein verborgenes Kräftemessen sein. Falls sie klein beigibt und sich der Macht ihres Partners fügt, dürfte sie sich mit der Zeit unzufrieden und unfrei fühlen. Umgekehrt könnte es Jan genauso ergehen. Es ist wichtig, dass sie zu sich stehen und nicht dem Frieden zuliebe nachgeben oder sich entziehen. So schwierig die Situationen manchmal auch sein können, so fordern sie doch von ihnen beiden die Bereitschaft, sich zu stellen und mit einem starken Willen umgehen zu lernen, ohne den anderen wie eine Marionette an den Fäden tanzen zu lassen.

Es geht darum, die eigenen Kräfte zu messen, ohne sie für manipulierende Zwecke zu missbrauchen. Vor allem sie ist leicht versucht, ihre volle Kraft gegen Jan einzusetzen. Für eine erfüllende Beziehung ist es notwendig, dass sie ihre Energie zusammen mit ihm und nicht gegen ihn zum Ausdruck bringt. Ein konkretes Beispiel dafür wäre ein gemeinsames Projekt.

Kommunikation als Schlüssel zu Macht und Leidenschaft

Wenn Jan etwas sagt, bringt allein seine Stimme in ihr etwas in Schwingung, was sie veranlasst, ihre Energie zu mobilisieren. Sie kommt durch seine Art zu denken und zu sprechen sehr schnell mit einem Teil im eigenen Innern in Berührung, der sich entweder sehr stark oder schwach und ausgeliefert fühlt. So mag sie in Diskussionen einen verletzenden Stachel zeigen, rechthaberisch wirken oder sich betroffen hinter einer undurchschaubaren Maske zurückziehen.

Wissen ist Macht. Vermutlich versteht sie es recht gut, Jan die Information zu entlocken, die sie gerne haben möchte. Sie scheut sich auch kaum, gewisse Dinge zu verschweigen, gemäß dem Motto: »Was er nicht weiß, macht ihn nicht heiß.« Möglich sind auch Tabuthemen, auf die sie sich im Gespräch nicht einlässt. Grundsätzlich neigt sie dazu, aus dem verbalen Austausch ein Machtspiel zu machen. Für Jan mögen ihre Reaktionen unlogisch und vielleicht sogar beängstigend sein. Er möchte einfach Informationen austauschen, etwas erzählen und plaudernd zusammensitzen. Sie jedoch reagiert auf seine Worte sehr schnell heftig, da sie ihn leicht als herausfordernde Konkurrenz erlebt, gegen die sie sich verteidigen müsse. Neben dem zerstörerischen Aspekt liegt hier auch eine enorme Möglichkeit, den Tiefen des Lebens auf die Spur zu kommen.

Dies setzt voraus, dass er ihre Reaktionen nicht persönlich nimmt und nicht zu sehr auf Logik und Vernunft beharrt und sie über Konkurrenzdenken und Besserwissen hinwegkommt. Dann kann ihre Tendenz, keine Aussage von Jan einfach zu nehmen, wie sie ist, seinem Denken enorme Impulse vermitteln.

Mit diesen Seiten soll nicht gesagt werden, »so ist ihre Beziehung, dieses und jenes tun sie, und so wirken sie aufeinander«, auch wenn es von der Formulierung manchmal diesen Eindruck erwecken könnte. Diese Seiten enthalten einen Überblick über die Symbolik der Planeten, wie sie zum Zeitpunkt und am Ort ihrer Geburt am Himmel standen. Laut Erfahrung und Statistik gibt es Parallelen zwischen Planetenkonstellationen und Beziehungsthemen. Man kann sie als Wegweiser durch die unzähligen Aspekte nutzen und mit ihrer Hilfe Motivationen und Verhaltensmuster bewusster erkennen.

Kreta, 16. 04. 2003

Der Astrologe beendete sein Anschreiben mit folgenden Worten: »*Sehr interessant, ihr werdet noch viel erleben …*«

Aspektvergleich

Einstweilen entdeckte Maike eine Homepage, auf der eine Kurzfassung bestimmter Horoskope kostenlos zur Verfügung gestellt wurde. Als sie die Aspekte verglich, erstaunte sie die Vielfalt, die sich aus folgender Zusammenfassung ergab:

»Maike sei impulsiv und sehr leicht reizbar, Jan ruhelos und reizbar.«

»Sie reagiere schnell, drücke sich klar aus und könne oft rebellisch werden.
Er treffe schnell Entscheidungen ohne tiefgreifende Gedanken.«

»Ihre oftmals flatterhafte Natur müsse mehr im Zaum gehalten werden.
Ihm mangele es an Beständigkeit.«

»Man habe sie sehr früh im Leben gelehrt, zu viel Verantwortung für sich selbst und für andere zu übernehmen.
Von ihm werde Verantwortung verlangt.«

»Obgleich sie ihre Mitmenschen wirklich mag und auch braucht, sei sie gern unabhängig und hasse es, eingeschränkt zu werden. Sie würde mit Vorliebe Freundschaften zu Menschen knüpfen, die ihr bei der Verfolgung ihrer Ziele behilflich sein können.«
»Jan wisse, dass es ihm guttue, sich irgendwo niederzu-

lassen, weil auch er andere Menschen brauche, dennoch würde er gern ungebunden bleiben, weil er dann aus jeder Gelegenheit seinen Vorteil ziehen könne.«

»Mystische und spirituelle Themen würden großes Interesse in ihr wecken.
Er habe die Chance, sich in den Eigenschaften der anderen selbst zu erkennen, zu spiegeln, was zu seiner spirituellen Entwicklung beitragen würde.«

»Sie sei ein praktischer Mensch, er ziemlich praktisch veranlagt.«

»Maike würde äußerlich recht ruhig wirken. Da sie sich anderen gegenüber aber sehr warmherzig und freundlich zeige, halte man sie nicht für kühl.
Jan würde auf andere Menschen vielleicht irgendwie schüchtern wirken, tatsächlich sei er eine liebenswerte, unaufdringliche, nette und ordentliche Person.«

»Sie sei sehr temperamentvoll und voller Power, er voller Energie und sehr temperamentvoll.«

»Ihr falle es durch ihren großen Freiheitsdrang schwer, Begrenzungen in Kauf zu nehmen.
Er habe Angst, seine Freiheit zu verlieren, wenn er sich zu sehr an andere binden würde.«

»Obwohl sie im Umgang mit anderen freundlich sei, lehne sie jeden ab, der versuche, sie emotional festzuhalten.

Im Umgang mit anderen Menschen sei er sehr freundlich, obwohl es ihm manchmal schwerfalle, enge Beziehungen einzugehen.«

»Sie sei sehr neugierig und würde Antworten auf alle Fragen suchen, die ihr in den Sinn kämen.
Er sei ständig auf der Suche nach neuen Erfahrungen.«

»Sie habe einen ausgeprägt starken Willen und lasse jeden wissen, was sie will, und würde so lange Druck ausüben, bis sie bekomme, was sie wolle.
Er habe ganz einfach seinen eigenen Kopf, und ihm sei es egal, ob andere mit ihm übereinstimmten oder nicht.«

»… Allerdings nur solange sie selbst bestimmen könne, wie sie ihre Arbeit tue.
Jan würde am liebsten für sich allein arbeiten.«

»Die Beziehungen zu ihrer Umgebung seien immer emotionaler Natur.
Wie er die Dinge sieht, hänge stark von seinen Emotionen ab.«

»Sie sei sehr temperamentvoll und mutig, was andere Leute vielleicht erst dann bemerken würden, wenn sie Maike verärgert hätten.
Er wolle als jemand gesehen werden, der Dinge riskiert, die sonst niemand riskiert.«

»Maike reagiere sehr impulsiv, unachtsam und könne ziemlich schnell jähzornig werden. Hätte sie sich

wieder beruhigt, sei ihr Zorn rasch verraucht und sie würde dem anderen nichts nachtragen.
Er sei schnell zornig und handele im Zorn manchmal übereilt, wäre allerdings nicht nachtragend.«

»Nach außen hin würde sie recht selbstbeherrscht wirken.
Er möchte jederzeit gern stark und selbstbeherrscht wirken.«

Maikes Empfindungen schienen so stark in die Höhe zu schießen, dass es ihr bald schwindelig wurde, denn die Charaktereigenschaften passten auf beide so genau wie der Deckel auf den Topf. Als sie Jan diese aufgeführten Punkte mitteilte, wollte er sich dazu äußern, konnte es aber nicht, da er einen dicken Kloß im Hals hatte und kein einziges Wort mehr herausbekam.

Kein Ende in Sicht

Permanent versuchten sie, sich an all die Dinge zu gewöhnen, stellten aber immer wieder fest, dass dies unmöglich war, da sie jedes Mal mental aus der Bahn geworfen wurden und nicht dagegen ankamen.

Wie an einem Fließband nahmen auch ihre telepathischen Eingebungen kein Ende …

Maike [10:50]: »Hatte ich Dir das erzählt?«

Jan [10:50]: »Hab ich Dir gesagt …«

Jan schrieb Maike gerade eine E-Mail, als sie von ihrer Mutter erfuhr, dass ihr Onkel gestorben sei. Kaum hatte er sich abgemeldet, ging sie online, um ihm ebenfalls eine E-Mail zu schreiben.

In einer E-Mail vom 06. 05. 2003 15:03:03 (MEZ) schreibt Jan: »*Maike, sei mir nicht böse!!!!! Aber ich habe gerade beschlossen, dass ich, wenn ich im Flur für heute Feierabend mache, noch dusche und danach direkt ins Bett gehen werde!! Ich bin sooooooooooo verdammt fertig! So was von kaputt war ich lange nicht mehr!!! Lieber Zwilling!!! Ich sag jetzt schon mal bis morgen. Dw …*«

Maikes E-Mail lautete: Thema: (kein Thema) Re: Datum: 06. 05. 2003 An: Jan: »*Jetzt bin ich fix und fertig. Genau um die Uhrzeit, als Du die E-Mail zu mir rübersandtest, hat mich meine Mutter angerufen und mir mitgeteilt, dass heute mein Onkel gestorben ist. Und was haben wir wieder für ein Tagesdatum??? Den Sechsten! Ich geh ebenfalls ins Bett, ich kann nicht mehr. Dw …*«

Kurioserweise tauchte das Tagesdatum sechs immer wieder auf. Maikes Hochzeit fand an einem Sechsten statt, Jans Verzweiflungstag fiel auf einen Sechsten, Maikes damaliger Suizidversuch war ein Sechster, der Tag ihres Umzugs ebenfalls, ihre jüngere Tochter hat an einem sechsten Geburtstag – sie hätten es beliebig fortsetzen können.

Zwei Tage später wurden sie auf diese Weise wachgerüttelt …

Jan [07:12]: »Also HEUTE bin ich ausgeschlafen!«
Maike [07:12]: »Hast du gut …«
Maike [07:13]: »… geschlafen?«
Jan [07:13]: »Nacht!«
Maike [07:13]: »Ich finde allmählich keine Worte mehr!«

Als Maike nach einem Familienausflug, den auch Jan unternahm, an den Computer ging, war er noch nicht anwesend. Daher schrieb sie ihm eine SMS, dass sie nun online sei, schickte diese ab, schaute zurück auf ihren Bildschirm und dachte, sie sehe nicht richtig, denn Jan schrieb ihr in der gleichen Sekunde die ersten Sätze, während sie sich auf das Schreiben der SMS konzentriert hatte. Als ein paar Sekunden später sein Handy vibrierte, war auch ihm alles klar.

Jan [11:22]: »Huhu, bin schon wieder da. Weißt Du, was ich eben im Radio gehört habe? Werbung für das besagte Steakhaus.«
Jan [11:23]: »Maike?«
Jan [11:24]: »Haaaaaaaaaaaaallllllllllllluuuuuuuuuoooo? Bin ich schon wieder geflogen? Maike, siehst Du mich?«
Maike [11:25]: »Ich fall vom Stuhl!«
Jan [11:25]: »Dann bin ich ja doch online.«
Maike [11:25]: »BUMM!«
Jan [11:25]: »????????«

Maike [11:25]: »Ich hab mich doch gerade ...«
Maike [11:25]: »... eingewählt ...«
Maike [11:26]: »... und hab Dir ...«
Maike [11:26]: »Du weißt es jetzt, gelle?«
Jan [11:26]: »Ich hab gerade eine SMS bekommen.«
Jan [11:26]: »Unglaublich!«
Maike [11:26]: »... eine ...«
Maike [11:26]: »SMS ...«
Maike [11:26]: »... geschickt!«
Einen Tag später folgte ...
Maike [07:09]: »Und dann nur noch ins Bett.«
Jan [07:09]: »Klamotten aus und dann sofort ins ...«
Jan [07:09]: »Schon gut!«
Maike [07:10]: »Schon gut!«
Nur zwei Minuten danach ...
Jan [07:11]: »Ich les mal grad die Mails.«
Maike [07:11]: »Hab Dir ein paar Mai...«
Maike [07:11]: »Bumm!«
Maike [07:11]: »...ls geschrieben.«
In der nächsten Konstellation, nur wenige Minuten später, wussten sie zwar, dass sie einen Tag ins Solarium gegangen waren, keiner von ihnen ahnte aber, dass jeder dies täglich tat. Folge – sie übertrieben es und trugen einen Sonnenbrand davon.
Jan [07:22]: »Und ich hab das Solarium wohl ein wenig übertrieben. Ein bisschen rot, schäm!«
Maike [07:22]: »Jetzt sag mir bitte nicht ...«
Maike [07:22]: »... Du hast einen Sonnenbrand?«
Jan [07:22]: »Doch, hab ich! Du sicher auch, gelle?«
Maike [07:23]: »Ich war jeden Tag!«
Jan [07:23]: »Nicht nur Du!«

Vor einigen Tagen, als ihr Onkel gestorben war, ging Maike noch durch den Kopf, dass sie einen Besen »fresse«, wenn nun auch bei Jan ein familiäres Mitglied sterben sollte. Da konnte sie sich wohl direkt einen guten Appetit wünschen, denn nur zwei Tage nach dem Tod ihres Onkels verstarb Jans Großcousine.

Jan [07:16]: »Und ich muss morgen auf eine Beerdigung. Eine Cousine von meinem Vater ist gestorben.«

Maike [07:16]: »Das kann doch nicht wahr sein!«

Jan [07:16]: »Doch ist es!«

Maike [07:17]: »NEEEEEE, JAN!«

Jan [07:17]: »Die Nachbarin, also von meinen Eltern. Und eine Cousine von meinem Paps.«

Maike [07:17]: »Ich hab mir noch so gedacht, wenn jetzt bei Dir auch wieder jemand stirbt, dann fresse ich einen Besen.«

Maike [07:17]: »Na Mahlzeit!«

Maike [07:18]: »Wann ist die Cousine denn gestorben?«

Jan [07:18]: »Mein Vater, na ja, der ist ja schon da, wo sie hinkommt. Am Donnerstag ist sie gestorben.«

Maike [07:18]: »Also zwei Tage nachdem mein Onkel …«

Jan [07:18]: »Genau!«

Maike [07:19]: »Das war der Achte! Das ist doch nicht wahr! Du morgen zur Beerdigung, ich Dienstag.«

Jan [07:19]: »Heul!«

Maike [07:19]: »Noch Fragen?«

Jan [07:19]: »Ne, keine mehr!«

Maikes Onkel starb an einem Sechsten, die Cousine von Jans Vater an einem Achten. Man erinnere sich an das Datum von Jans lausigem Tag – es war genau dieses Datum.

Auch als es um den Kauf eines Computers für Jans ältesten Sohn ging, hätte Maike folgende Frage gar nicht stellen zu brauchen, da Jan ihr die Antwort bereits gegeben hatte …

Maike [17:31]: »Tut er denn wenigstens was dazu?«
Jan [17:32]: »Und den hat er sich jetzt von seinem Konfirmationsgeld …«
Maike [17:32]: »Schon gut!«
Jan [17:32]: »… selbst …«
Jan [17:32]: »… bezahlt!«

Länger sprachen sie nicht mehr über das Solarium, bis sie gedanklich wieder bei dem Thema angekommen waren. Maikes Finger lagen schon auf der Tastatur, um den Satz zu beginnen, den Jan bereits angefangen hatte, noch dazu hatten sie sich nun täglich gebräunt, aber ausgerechnet am gleichen Tag eine Pause eingelegt.

Jan [17:41]: »Boar, ich hab mir vielleicht die Plauze und den A… verbrannt, ich sehe aus wie ein Pavian.«
Maike [17:42]: »Weißt Du, was ich gerade schreiben wollte?«
Jan [17:42]: »Noch nicht, aber gleich, grins!«
Maike [17:42]: »Ich wollte schreiben, dass ich heute Abend mal wieder unters Soli gehen werde. Da steht plötzlich Dein Satz da.«
Jan [17:42]: »Bumm!«
Maike [17:42]: »Ich war gestern ja nicht.«
Jan [17:43]: »Ich auch nicht.«
Jan [17:43]: »Aber eben!«
Maike [17:43]: »Aber …«

Maike [17:43]: »Schon gut!«

Als Maike Jan am nächsten Morgen per SMS Bescheid gegeben hatte, dass sie nun online sei, erschien unverzüglich nach Absenden ihrer Nachricht sein Name in der »Buddyliste«, wie am Tag zuvor.

Jan [08:19]: »Juchhu, bin da!«

Maike [08:20]: »BUMM, BUMM, BUMM!«

Jan [08:20]: »Ups! Eine SMS!«

Jan [08:20]: »Das sehe ich, dass Du online bist.«

Maike [08:20]: »Ich bin doch erst ein paar Sekunden hier.«

Jan [08:20]: »Nicht nur Du!«

Maike [08:20]: »Auch diese SMS hätte ich mir wieder sparen können.«

Maike [08:21]: »BOOOAAARRR!«

Jan [08:21]: »Boar!«

Maike [08:22]: »Ich …«

Maike [08:22]: »… kann nichts mehr sagen jetzt!«

Sie dachte wieder über diese Sonderbarkeit nach, glaubte aber, dass es ein drittes Mal hintereinander bestimmt nicht geschehen würde. Doch nur einen Tag später vibrierte Jans Handy wieder, während er online ging.

Jan [06:38]: »SMS, ich glaub es nicht!«

Maike [06:38]: »Also jetzt futtere ich gleich wirklich einen Besen.«

Maike [06:38]: »Ich hab mir gerade noch gedacht, wenn das jetzt wieder passiert, dann …«

Jan [06:38]: »Ich gehe jetzt wieder ins Bett!«

Maike [06:39]: »Das gibt es einfach nicht! Das ist jetzt das DRITTE MAL, dass ich mir die SMS hätte sparen können.«

Auch der nächste Augenblick ließ nicht lange auf sich warten …
Maike [07:17]: »Nicht die Geringste!«
Jan [07:17]: »Aber nicht die Geringste!«
Es ging immer so weiter:
Jan [01:05]: »Du kennst mich doch so, wie Du Dich selbst kennst.«
Maike [01:05]: »Und da wir uns besser kennen als uns selbst.«
Und diese Momente sollten wohl nie enden …
Maike [23:23]: »Aber ich glaube auch …«
Maike [23:23]: »… dass man sie nicht findet, wenn man danach sucht.«
Jan [23:24]: »Es findet nicht immer der, der auch sucht.«
Maike [23:24]: »Bumm!«
Jan [23:24]: »Nacht! Ich geh ins Bett!«
Doch bevor sie schlafen gingen, sollten sie im Anschluss offensichtlich dies noch verarbeiten …
Maike [23:27]: »Versuchen?«
Jan [23:28]: »Versuchen zumindest!«
Jan [23:28]: »Also jetzt wird es mir echt zu viel!«
Maike [23:33]: »Lass uns schlafen gehen!«
Jan [23:33]: »Und jetzt …«
Jan [23:34]: »… aber ins Bett! Hilfe neeeee!«

Der nächste Morgen wollte ebenfalls nicht ruhiger werden.
Maike [08:22]: »Das Wetter hätten wir dafür …«
Jan [08:23]: »Das Wetter da…«
Maike [08:23]: »Alles klar!«
Jan [08:23]: »…zu hätten wir ja.«

Sie bekamen das alles kaum mehr in ihren Kopf. Tag für Tag, immer und immer wieder aufs Neue diese Erfahrungen, die am darauf folgenden Tag auch nicht ausblieben …

Maike [07:19]: »Und dann fahren wir wieder die gleiche Strecke.«

Jan [07:20]: »Wir fahren dann aber wieder durch …«
Jan [07:20]: »Schon gut.«

Wenngleich diese Dinge in so hohem Maße auftraten, konnten Maike und Jan dennoch nicht sagen, dass es Gewohnheit sei, sondern eher Augenblicke, mit denen sie versuchten umzugehen. Auch das, was als Nächstes folgte, ließ abermals Ungewöhnliches in ihnen hochsteigen; denn als sie beide ein Virenprogramm durchlaufen ließen und erkannten, dass sowohl Maikes als auch Jans Programm genau die gleiche Anzahl an Fehlern aufwies, während in dieser Zahl wieder der Tag von Jan steckte, an dem er nervlich am Ende gewesen war, begriffen sie bald gar nichts mehr.

Maike [07:19]: »Wie viele ›Würmer‹ hattest Du?«
Jan [07:19]: »86!«
Maike [07:19]: »Wie viele habe ich?«
Jan [07:20]: »Nicht etwa auch 86?«
Maike [07:20]: »86!«
Maike [07:20]: »Jan, ich kann nicht mehr.«

Nach einer kurzen Schreibpause stellten sie sich überraschenderweise die gleiche Frage:

Maike [08:50]: »Schon wieder Flug?«
Jan [08:50]: »Fliegst …«
Jan [08:50]: »… Du …«
Jan [08:50]: »… jetzt?«

Maike [08:51]: »Puuuuuhhhh!«
Jan [08:51]: »So! Bin dann wieder da.«
Maike [08:51]: »Ich bin die ganze Zeit da.«
Jan [08:51]: »Hatte kurz neben dem Stuhl gelegen.«
Maike [08:52]: »Ich FASS DAS ALLES NICHT MEHR!«

Kaum hatten sie den darauf folgenden Morgen ihre PCs angeschmissen, folgte die nächste Verwunderung. Sie hatten zwar die »Buddyliste« im Hintergrund auf, waren aber ziemlich lange vom Bildschirm verschwunden, bis sie zur selben Zeit zurück an ihre Computer gingen.

Jan [07:15]: »Bin wieder da!«
Maike [07:15]: »So! Fertig!«

Gegen Mittag schrieben sie dann nicht nur zeitgleich die Wörter, auch kam in ihnen der Gedanke auf, diese als Großbuchstaben zu schreiben.

Jan [12:02]: »GANZ SICHER!«
Maike [12:02]: »GANZ SICHER!«

Als sie nachmittags ein weiteres Mal an ihren Computern saßen, fügten sie mehrere »Smileys« beim Chatten hinzu, bis ihnen in den Sinn kam, doch besser damit aufzuhören. Wieso aber ausgerechnet beide das von ihnen noch nie verwendete Wort »Stopp« gebrauchten, bleibt, wie gehabt, offen.

Jan [16:05]: »Stopp, bevor Flug!«
Maike [16:05]: »STOPP!!!!«
Maike [16:05]: »Bumm!«
Jan [16:05]: »Bumm!«
Maike [16:05]: »Wann haben wir denn mal ›Stopp‹ geschrieben?«
Jan [16:05]: »Maike, NIE!«

Vom 23. Juni bis zum 7. Juli 2003 machte Maike mit ihrer Familie Urlaub in Bulgarien. Aus Kostengründen schrieben Maike und Jan sich somit nur ein paar wenige SMS, anstatt zu telefonieren. Am 4. Juli aber kam in ihr – wie aus heiterem Himmel – dieses magische Gefühl auf, dass sie ihn einfach anrufen musste. Noch während sie seine Nummer tippte, versuchte er doch tatsächlich auch, sie zu erreichen, wunderte sich über ein Besetztzeichen und legte wieder auf – da klingelte sein Handy. Er nahm ab und war nach Maikes ersten Worten so baff, dass sie im ersten Moment dachte, er wäre gar nicht mehr in der Leitung.

Wieder heimgekehrt und kaum am PC war an eine Pause – was die telepathischen Gedanken anging – nicht zu denken. Maike erinnerte Jan, dass er losmüsse, was aber nicht nur ihr in diesem Moment einfiel.

Jan [14:03]: »Ich mach mich dann mal gleich vom Acker.«

Maike [14:03]: »Du musst los!«

Fünf Minuten danach fragte sie ihn, ob er gleich wiederkäme, was, wie man sieht, nicht nötig gewesen wäre …

Maike [14:08]: »Kommst Du glcich wicdcr?«

Jan [14:08]: »Bis gleich.«

Maike [14:08]: »Schon …«

Maike [14:09]: »… gut!«

Jan [14:09]: »Also jetzt ist erst einmal genug! Jetzt muss ich erst was verarbeiten.«

Nun schrieben, dachten und bewegten sie sich nicht nur einheitlich, sondern kauften obendrein sogar zum selben Zeitpunkt die gleichen Lebensmittel ein.

Jan [07:16]: »Kochen brauch ich ja eh nicht heute. Ich wärme mir nur was auf. Ein bisschen Eintopf.«
Maike [07:16]: »Das ist gut.«
Jan [07:16]: »Mit Pfefferbeißern.«
Maike [07:16]: »Nicht schon wieder Jan!«
Jan [07:16]: »??????????«
Maike [07:17]: »Wann hast Du die gekauft?«
Jan [07:17]: »Was denn nun? Gestern Morgen, sechs Stück! Warum?«
Maike [07:18]: »NEEEEEEEEIIIINNNNNN!!!!«
Jan [07:18]: »Jetzt sag nicht …«
Maike [07:19]: »Ich sag lieber nichts!«
Jan [07:19]: »Doch, sagst Du!«
Maike [07:19]: »Sitzt Du?«
Jan [07:19]: »Weiß nicht!«
Maike [07:19]: »Jan?«
Jan [07:19]: »Jaaaaaaaaaaaaaaaaaa?«
Maike [07:19]: »Was hab ich gestern Morgen gekauft?«
Jan [07:20]: »Neeeeeeeeeeee, Maike, neeeeee!«
Maike [07:27]: »Sechs PFEFFERBEISSER!!!!!!«
Jan [07:27]: »Sechs Pfefferbeißer!«
Jan [07:28]: »Ich geh ins Bett.«
Maike [07:28]: »Jan?«
Jan [07:28]: »Nein!«
Jan [07:28]: »Jaaaaaaaaaaaaaa.«
Maike [07:28]: »Das gibt es doch alles nicht mehr!«
Jan [07:28]: »DAS ist wohl wahr!«

Am Abend telefonierte Maike mit einer guten Freundin von Jan und vereinbarte ein Treffen. Jans diesbezügliche Frage löste in ihr gleich das übliche Erstaunen aus …

Maike [19:14]: »Ich hoffe so sehr, dass das mit Freitag klappt.«

Jan [19:14]: »Habt ihr eben irgendwas wegen Freitag geredet?«

Jan [14:22]: »So viel dazu!«

Kurze Zeit später hatten sie vor, etwas zu erledigen, dies natürlich nicht zu verschiedenen Zeiten, sondern unverzüglich.

Jan [14:47]: »Moment, mal eben ein Fax verschicken!«

Maike [14:47]: »Moment, ich muss eben ein Hemd bügeln!«

Jan [14:47]: »Bumm!«

Maike [14:47]: »Bumm!«

Spätabends sprachen sie über die Person, die Jans Leben beinahe zerstört hätte, und teilten auch in diesem Punkt die gleiche Auffassung:

Maike [00:47]: »Nur dass sie selbst die Schlimmste ist, das sieht sie nicht.«

Jan [00:47]: »Nur dass sie selbst die Schl…«

Die nächste Situation brachte sie dann nochmals aus dem Konzept. Maike wusste weder was noch welche Uhrzeit Jan genau schreiben würde und verließ sich einfach nur auf ihr Gefühl. Mit welchem Gesichtsausdruck sie danach an ihren Computern saßen, kann mittlerweile bestimmt jeder erahnen.

Jan [13:09]: »Gegen 17.00 oder 17.30 Uhr bin ich wieder hier.«

Maike [13:09]: »Dass Du so gegen 17.00 Uhr rum wieder hier bist.«

Jan [13:09]: »Musste ja noch sein!«

Am Abend schwätzten sie ein wenig im Chat, unter

anderem über Grundstücke, was ebenfalls zur Irritation führte.

Jan [21:53]: »Was kosten denn da die Grundstücke?«
Maike [21:53]: »205 Euro …«
Maike [21:53]: »… kosten die Grundstücke pro m²!«
Jan [21:53]: »Oh Mann!«
Maike [21:53]: »Wieso habe ich da gerade nachgeschaut, während Du das schreibst?«
Jan [21:54]: »Das ist aber jetzt nicht wirklich passiert?«
Maike [21:54]: »Doch Jan, ist es!«

Nach ein paar Tagen, in denen sie nicht die Zeit zum Chatten hatten, konnten sie dann doch morgens ein bisschen Zeit erübrigen. Maike teilte Jan gerade per SMS mit, dass sie online sei. Da war er doch schon wieder in dieser Sekunde anwesend.

Jan [06:42]: »Bumm!«
Jan [06:42]: »Gerade in dem Moment, als Deine SMS kam, war meine Wartung durchgelaufen.«
Maike [06:42]: »Nein, das ist nicht wahr!!!«
Jan [06:42]: »Guten Mooooooorrrrrrggggggennn.«
Jan [06:42]: »Doch, Maike!«

Eine Weile später wollte Maike gerade schreiben, dass sie sich nun auf den Weg machen müsse. Als sie Jans Satz erblickte, sah sie erst dreimal hin – er war mit genau dem gleichen Gedanken nur um eine Sekunde schneller gewesen als sie. Fantastisch, denn auch Jan musste los.

Jan [08:51]: »So, nun muss ich aber wirklich …«
Maike [08:51]: »So …«
Maike [08:51]: »Bumm!«

Jan [08:51]: »Bumm!«
Maike [08:51]: »… nun …«
Maike [08:51]: »… muss …«
Maike [08:51]: »… ich …«
Maike [08:51]: »Schon gut!«

Etwa eine Stunde später hatte Jan eine hervorragende Idee, die nicht nur er genial fand …

Maike [09:59]: »Du bist genial!«
Jan [09:59]: »Bin ich genial?«
Jan [09:59]: »Warum schreib…«
Jan [09:59]: »…en …«
Jan [09:59]: »… wir beide …?«
Maike [09:59]: »Du weißt, warum!«

Ungefähr eine halbe Stunde sprachen sie über allen möglichen Blödsinn, bis sie in diesem Moment wieder vom eigentlichen Thema abgelenkt wurden.

Maike [10:31]: »Was Du wieder denkst jetzt!«
Jan [10:31]: »Was hab ich jetzt schon wieder gedacht?«
Maike [10:32]: »Noch Fragen?«
Jan [10:32]: »Neeeeeeee!«

Noch am gleichen Morgen setzte Maike die absolute Krönung obendrauf. Lange Zeit klönten sie über verschiedene Dinge, bis in ihr ganz unverhofft das Gefühl aufkam, Jan würde im nächsten Moment schreiben, dass er nun gehen müsse. Sie legte es drauf an, testete ihre hellseherischen Fähigkeiten – verließ sich also nur auf ihr Gefühl –, tippte ihren Gedanken in den Chat und schickte es Jan herüber. Sie wusste nicht weshalb; aber sie war sich so verdammt sicher, dass sie ihm sogar schrieb: »Jetzt schock ich Dich mal!« Einen Versuch war es wert. Als es dann aber tatsächlich so geschah, hatte sie nicht nur ihn geschockt, sondern auch sich selbst – es war unglaublich.

Maike [10:37]: »Jetzt schock ich Dich mal, Du musst jetzt langsam los, gelle, zu dem Arzt, stimmt es oder hab ich recht?«

Jan [10:37]: »So, nun muss ich mich aber beeilen!«
Jan [10:37]: »Also JETZT!«
Maike [10:38]: »Noch irgendwelche Fragen zu meinen hellseherischen Fähigkeiten?«
Jan [10:38]: »GENAU JETZT IM MOMENT …«
Jan [10:38]: »… bin ICH FIX UND FERTIG!
Maike [10:38]: »BUMM!«
Maike [10:38]: »Ich hab das gerade in dem Moment geschrieben und so genau gewusst, dass das jetzt kommt von Dir. Ich wusste das einfach.«
Jan [10:39]: »Das ist der helle Wahnsinn!«

Drei Minuten später teilte Maike ihm mit, dass es auf ihren Mann ankäme, ob sie noch einmal online kommen würde, sofort fiel ihr auf, dass Jan ihr in exakt gleicher Sekunde genau diese Frage stellte.

Jan [10:43]: »Heute noch mal online, bevor Du fährst?«
Maike [10:43]: »Kommt auf Tobi an, ob ich noch mal vorher …«
Maike [10:43]: »… online …«
Maike [10:43]: »… bin!«
Jan [10:43]: »NEEEEEEEIIIIIIIIIINNNNNNN!«
Maike [10:43]: »Keine Fragen mehr!«
Jan [10:45]: »Gütiger Himmel, welch ein Morgen!«

Zwischenzeitlich gab es eine Phase, in der beide sehr eingespannt waren; daher verlief sich ihre Kommunikation im Internet etwas und beschränkte sich auf das Handy.

Es war der 7. Februar 2004, den sie zu gerne aus ihrem Leben gestrichen hätten. Jans Motor war defekt und so musste er in Eiseskälte Ewigkeiten auf einen Abschleppwagen warten. Maike fiel gleich morgens ein Kuchen im Wert von vierundzwanzig Euro auf den Boden, den sie zehn Minuten später für das Schulfest gebraucht hätte. Kurze Zeit später baute sie beinahe noch einen Unfall. Des Weiteren funktionierte der Filter ihres Aquariums nicht mehr richtig, sodass das Wasser überlief und sie am Tag des Schulfestes – bei dem sie sich zum Abräumen eingetragen hatte – morgens in Stresseile ein paar Halter besorgen musste.

Am Abend schickte sie Jan – ziemlich genervt – eine SMS. Da einfach keine Rückmeldung kam, stiegen kaum zu beschreibende Höllenqualen in ihr hoch und sie schrieb ihm völlig unbewusst den allergrößten Mist. Nur Sekunden später stellte sie sich die Frage, ob sie nun der Teufel geritten hätte; da war es bereits zu spät.

Eigentlich hätte Maike sich denken können, dass ihr Pechtag sicherlich auch Jans sein musste, was, wie sich herausstellte, auch so war. Maikes Nachricht enttäuschte ihn sehr. Da sie das wusste, entschuldigte sie sich sofort bei ihm per SMS, obwohl ihr das als Entschuldigung eigentlich nicht ausreichte. Das ganze Wochenende plagte sie sich mit Schuldgefühlen herum. Am darauf folgenden Montagabend packte sie diese Qual und sie fuhr trotz irrsinnig schlechter Winterverhältnisse zu Jan. Nichts und niemand hätte sie in diesem Augenblick aufhalten können. Während der Fahrt sendete sie ihm eine kurze Nachricht, hatte aber kein Wort davon erwähnt, dass sie sich auf dem Weg zu ihm befand; aber Jan konnte wohl wieder Gedanken lesen und schrieb zurück: »*Ich weiß, dass Du auf dem Weg hierher bist!*«

Nach einem Abend mit guten Gesprächen, wohlgemerkt nach ganzen vier Monaten, in denen sie nicht ein einziges Mal die Möglichkeit für eine persönliche Begegnung hatten wahrnehmen können, hatte die liebe Seele wieder Ruhe; zumindest bis zu dem Zeitpunkt der Trennung, die sich jedes Mal so anfühlt, als würden sie in zwei Hälften geteilt.

Einige Tage später befand Maike sich mit einer Freundin und ihren Kindern in der Eissporthalle, in der sie damals auch mit Jan gewesen war. Nach der Eislaufzeit rief sie ihn auf dem Handy an und sagte ihm, wo sie gerade sei. Während des Telefonats erfuhr Maike, dass er gleich einen Schaden klären müsse, da er mit dem Lkw einen Pfosten umgefahren habe. Kopfschüttelnd sah sie ihre Freundin an, denn nur zwei Tage zuvor hatte sie auf dem Weg zur Sprachtherapeutin ihrer jüngeren Tochter beim Einparken einen Pfosten übersehen.

Auf dem Rückweg von der Eissporthalle schaltete Maike instinktiv das Handy ein zweites Mal ein und sah, dass Jan ihr eine SMS geschrieben hatte. Darin stand, dass sein letzter Karton, den er vom Lkw abgeladen hatte, genau in den Ort geliefert wurde, in dem sie sich gerade aufhielt. Eine Weile später teilte Jan ihr – ebenfalls per Handy – mit, dass er hungrig sei und sein Frühstück daheim habe liegen lassen. Noch am gleichen Morgen brachte sie ihre ältere Tochter zur Schule und stellte hinterher fest, dass sie vergessen hatte, ihr das Frühstück einzupacken.

Mitte Februar 2004 unterhielten sich beide wieder einmal per Chat. Währenddessen stützten sie vor Müdigkeit den Kopf auf die Arme und schliefen zum gleichen Zeitpunkt einige Minuten vor dem Computer ein. Geweckt wurde Jan durch ein Kribbelgefühl in seinen Armen und Maike von ihrer Tochter, die ihr plötzlich laut ins Ohr rief, dass sie nicht schlafen solle. Als Maike dann erneut in den Chat sah und Jans ersten Satz wahrnahm, hätte sie ein Foto von ihrem Gesicht schießen können, das reif für eine Geisterbahn gewesen wäre. Nachdem auch Jan ihre Sätze vernommen hatte, hätte man sein Foto sicher direkt daneben hängen können.

Jan [18:22]: »Puuuuuuuuuuuuuuuhhhhhhhhhhhh! Jetzt bin ich wach geworden, weil meine Hände eingeschlafen sind. Also die Unterarme.«

Maike [18:24]: »Uuuuuuuuuuuuupppppppssssssssssss! Booooooaarrrrrrrr bitte???? Du bist doch jetzt etwa nicht wirklich eingeschlafen oder?«

Jan [18:25]: »Bin ich!«

Maike [18:25]: »Ruf mal Lisa an und frag, was sie gerade zu mir sagte? Das ist jetzt nicht Dein Ernst, Jan?«

Jan [18:25]: »Dooooooooocccccchhhhhhhhhhh! Hätte ich es sonst geschrieben?«

Maike [18:25]: »Mamaaaaaaaa, nicht schlafen!«

Jan [18:26]: »Wie bitte?????«

Maike [18:26]: »Und da war ich wieder wach!«

Jan [18:26]: »Neeeeeeeeeeee, das glaub ich nicht!«

Maike [18:26]: »Und bin ich jetzt gerade im Moment auch so halbwegs, weil ich geschockt vor dem PC sitze. Ich hatte nur den Kopf auf die Hände gestützt.«

Jan [18:26]: »Ich auch!«
Maike [18:26]: »Und bin eingeschlummert, bis mir Lisa ins Ohr schrie: ›Mamaaaaaaaaaaaaaaaa nicht schlafen!‹ Du kannst sie fragen!«
Maike [18:27]: »Oh Mann, hast Du noch irgendwelche Fragen?«
Jan [18:28]: »Nicht eine Einzige!«
Am 19. Februar 2004 plapperte Maike morgens im Auto eine ganze Weile mit einer Freundin, wobei sie auf die Verbindung zwischen Jan und ihr zu sprechen kamen. Etwas später suchte ihre Freundin im Internet eine Ferienwohnung für den Osterurlaub heraus. In diesem Augenblick konnte sie wohl einmal für ganz kurze Zeit nachvollziehen, wie Maike und Jan sich in manchen Momenten fühlten, denn auf dieser Seite war nicht nur die Ferienwohnung aufgeführt, die ihr sehr gut gefiel, sondern eine Rubrik mit genau dem Thema, worüber sie morgens gesprochen hatten. Daraufhin rief sie direkt bei ihr an.

Als Maike am Abend online ging und diese Seite aufrief, war sie verblüfft, denn einfach alles traf auf Jans und ihre Gedankengänge zu.

Danach ging auch Jan online, und es folgten gleich ein paar weitere verwirrende Momente …

Maike [20:43]: »Aber ich hab ihr auch versucht den Messenger draufzuspielen.«
Jan [20:43]: »Dann soll sie sich mal den Mess…«
Jan [20:43]: »Schon gut!«
Maike [20:43]: »Schon gut!«
Etwas später:
Maike [21:46]: »Und später falls möglich wieder …«

Jan [21:46]: »Und abends dann wieder …«
Jan [21:46]: »Schon gut!«
Maike [21:46]: »Schon gut!«
Warum fragte Maike überhaupt noch?
Maike [07:35]: »Wann musst Du mit Angie heute losfahren?«
Jan [07:36]: »Ich trinke noch schnell einen Kaffee und dann muss …«
Maike [07:36]: »Schon …«
Maike [07:36]: »… gut! Das musste ja jetzt noch kommen.«
Nur einige Minuten danach wackelten nicht nur Jans Knie schon eine ganze Weile.
Jan [07:47]: »Wackelst Du mit dem linken Bein? ›Zufällig‹ vielleicht?«
Maike [07:47]: »BUMM! Schon seit zehn Minuten!«
Jan [07:47]: »War mir klar!«
Maike [07:48]: »Dann halt mal Dein Bein still! Lach!«
Des Weiteren kam im Laufe des Vormittags noch dies …
Maike [10:28]: »Obwohl …«
Maike [10:28]: »… Du das ja schon mal …«
Jan [10:28]: »A…«
Jan [10:29]: »…uch, wenn ich das schon mal gemacht habe.«
Noch in der gleichen Minute …
Maike [10:29]: »Nun ja, das war dann doch etwas anderes.«
Jan [10:29]: »Aber das war ja was anderes.«
Maike [10:29]: »Also langsam ist das wieder enorm witzig!«

Eine berühmte Sängerin, die Maike und Jan sehr gut fanden, sollte eigentlich schon im Januar ein Konzert geben, auf das sie gerne gegangen wären. Maike bekam aber keine Karten mehr und sah dann plötzlich, dass es genau auf Jans Geburtstag verschoben worden war. An diesem Tag wurde auch das vierte Kind des Sängers ihrer Lieblingsband geboren, die Maikes und Jans damaligen Konzerttraum erfüllte. Nun gut, trotz des verschobenen Konzerttermins bekam Maike auch diesmal keine Karten mehr und gab die Suche auf. Eine Weile später ging sie mit ihrer Freundin – ebenfalls von dieser Sängerin sehr angetan – auf eine Achtzigerjahre-Party. Eine gute Freundin von Jan wäre ebenfalls sehr gerne mitgekommen. Maike hätte sich riesig gefreut, wenn sie alle gemeinsam dort hingekonnt hätten. Sie brachte ihrer Freundin die Enttäuschung nahe, dass nirgendwo mehr Karten zu bekommen seien, und hatte das Konzert bereits abgeschrieben, bis sie am nächsten Morgen die Seite ihres Internetanbieters öffnete und voller Erstaunen feststellte, dass auf dieser Homepage plötzlich Tickets für genau diese Veranstaltung zum Verkauf angeboten wurden. Sie konnte es fast nicht glauben, nachdem sie allesamt verrückt gemacht hatte, und bekam tatsächlich für jede Person noch eine Karte.

Zwischenzeitlich kamen bei Maike und Jan noch ein paar weitere Sachen hoch.

Maike [21:55]: »Aber aus einem VÖLLIG anderen Grund.«

Jan [21:55]: »Nur aus einem anderen Grund.«

Jan [21:55]: »Schon gut!«

Maike [21:56]: »Schon gut!«

Es war bereits eine Minute nach Mitternacht. Daraufhin schrieb Maike Jan im Chat so rein aus Spaß: »Guten Morgen«, und wunderte sich, warum er so zögerte. Kein Wunder, denn sie hatte seine gedachten Worte abermals ausgeschrieben. Noch während desselben Chats gelangten sie in der gleichen Sekunde zu der Meinung, dass sie wohl besser schlafen gehen sollten.

Maike: »Guten Morgen! Grins!«
Jan: »Duuuuuuuuuuuuuuuuuu?«
Maike: »Jaaaaaaaaaaaaaaaaaaaaaaaaaaaaaaa?«
Jan: »Heute ist schon Morgen …«
Jan: »… wollte ich gerade schreiben.«
Maike: »Es ist zwar nicht zu glauben, aber es ist wohl wirklich so, wie es ist, Du weißt schon!«
Jan: »JETZT …«
Maike: »Vielleicht sollten wir jetzt besser …«
Jan: »… sollten wir schlafen gehen!«
Maike: »Nun bin ich nicht nur am Ende, ich brach gerade nervlich über dem Tisch zusammen und weiß, es ging Dir ähnlich.«
Jan: »Meine Nerven!«

Gleich am nächsten Morgen teilten sie die nächste Eingebung …

Jan: »Du warst wieder völlig ruhig und ausgeglichen, gelle?«
Maike: »Er hat zumindest gemerkt, dass ich total ausge…«
Maike: »Schon gut!«

Und auch ihr gleichzeitiger Verbindungsaufbau wollte einfach nicht enden.

Maike [19:13]: »Bin da! Freu!«
Jan [19:13]: »Bumm!«

Maike [19:13]: »Bitte nicht schon wieder!«
Jan [19:14]: »Ich bin gerade vor fünf Sekunden …«
Maike [19:14]: »Das hält doch keiner aus! Ich weiß, wie Du dasitzt. Und Du weißt, wie ich hier sitze! Hat es Dir nun etwa die Sprache verschlagen?«
Jan [19:15]: »Allerdings!«

Rund zwanzig Minuten schafften sie es, sich normal zu unterhalten, ohne dass irgendeine Besonderheit zum Vorschein gekommen wäre, bis …

Maike [19:34]: »Das ist sicher ihre Art!«
Jan [19:34]: »Das ist …«
Jan [19:34]: »… nun mal so bei ihr!«
Maike [19:34]: »Gleich schreib ich nichts mehr!«
Jan [19:34]: »Dem schließe ich mich an!«

Auch was negative Ansichten anbetraf, vertraten sie zur selben Zeit die gleiche Meinung.

Maike [16:37]: »Die kannst Du nicht ab, gelle?«
Jan [16:37]: »Die kann ich nicht mehr ab!«

Vor einigen Tagen gab Maikes Mutter ihr ein paar Worte mit auf den Weg, die sie sich sehr zu Herzen nahm. Voller Erstaunen musste sie feststellen, dass nun auch Jan genau diese Worte im Chat verwendete.

Jan: »Weil ich so blöd bin und keinem wehtun will, sage ich keinem die Meinung und bleibe dabei selbst auf der Strecke!«
Maike: »Na klasse! Welche Worte sind das?«
Jan: »???? Bin im Moment zu verbohrt, sorry!«
Maike: »Frag mal meine Mutter, was sie am Mittwoch zu mir gesagt hat.«
Jan: »Das Gleiche sicherlich, gelle?«
Maike: »Du willst nie jemandem wehtun, sagst des-

wegen keinem die Meinung, bist nur für andere da und bleibst dabei selbst auf der Strecke!«

Jan: »Hast Du was anderes erwartet?«

Maike: »Ehrlich gesagt, nicht mehr!«

Mitte März äußerte sich eine der irrsinnig vielen Situationen auf diese Weise …

Jan [21:44]: »Wann ist Probefahrt?«

Maike [21:44]: »Wenigstens hat Tobi die Probe…«

Maike [21:44]: »…fahrt abgesagt!«

Zwischenzeitlich zog es beide immer wieder auf Konzerte. Auch einer ihrer weiteren Favoriten startete in Deutschland eine Solotournee, bei der in der Nähe drei aufeinanderfolgende Termine für Ende Mai angesetzt waren. Da sie am 28. Mai nicht gekonnt hätten und am 29. Mai schon alles ausverkauft war, bekamen sie Karten für den 30. Mai; ausgerechnet wieder jener Tag, an dem ein Jahr zuvor das traumhafte Konzert ihrer Lieblingsband stattgefunden hatte.

Während der ganzen Zeit sammelte Maike mehrere Schriftstücke, was viele der auftretenden Ereignisse betraf, und heftete sie in einem Ordner ab. Auch als sie die Konzertkarte einer weiteren Band, deren Konzert sie ebenfalls besuchten, in der Hand hielt und auf die Rangnummer sah, schaute sie etwas dumm aus der Wäsche, denn in dieser Nummer (Block 608) steckte doch schon wieder der entsetzliche Tag von Jan.

Des Weiteren ersteigerte sie über einen großen Auktionsanbieter Karten für einen anderen Künstler. Als sie diese aus ihrem Briefkasten holte, fuhr ihr gleich ein Schauer über den Rücken, denn der Nachname des Verkäufers lautete Jan!

Längere Zeit nach dem Konzert des Sängers und kurze Zeit vor demjenigen der Band baute Maike in ihrer Wohnung um und nahm nach Jahren den Schlafzimmerschrank auseinander. Entgegen kam ihr aber nicht nur diverser Staub, sondern zwei Dinge, die sie den ganzen Abend enorm aufwühlten. Es handelte sich um Karten eines alten Konzertes aus dem Jahre 2000, auf dem sie nie gewesen war, sowie ein Cover von einer CD, die sie seit langer Zeit suchte – müßig zu sagen, dass es sich genau um diesen Sänger und diese Band drehte.

Seit Ende März 2004 hatten beide umständehalber nur selten Kontaktmöglichkeiten, was für sie mental die reinste Hölle bedeutete, aber in dieser Verbindung mussten anscheinend auch jegliche Hürden gemeistert werden. Wenn ihnen zwischenzeitlich doch einmal der Kontakt ermöglicht wurde, war dies meist mit einer Überraschung verbunden.

Am 5. Mai 2004 sah Maike um Punkt vier Uhr morgens auf die Uhr, sandte Jan aus dem Gefühl heraus über Computer eine SMS und schrieb fragend, ob sie ihn jetzt geschockt hätte, weil sie so früh wach sei. Genau in diesem Augenblick hatte er sein Handy eingeschaltet, und Maike gefragt: *»Woher wusstest Du das?«*

Einige Zeit später ersteigerten sie bei einem großen Internetauktionshaus jeweils ein Auto der gleichen Marke, schon sehr erstaunlich, was dann aber noch auf Maike wartete, als sie gemeinsam mit ihrer Familie das Fahrzeug abholte, verkraftete sie kaum mehr. Man erinnere sich an »Yin und Yang« sowie den dazugehörigen Aufkleber. Als sie sich das Auto genauer ansah und hinten am Heck angelangt war, verschlug es ihr die Sprache – dort haftete genau dieser Aufkleber.

Gefühle

Erst ein ganzes Jahr nach ihrer ersten E-Mail fingen sie an, diese Dinge schriftlich festzuhalten. Vorher ahnte ja noch keiner von beiden, was das alles bedeuten könnte.

Die telepathischen Situationen waren aber nicht die einzigen Dinge, die verwirrende Gefühle auslösten. Es fanden zudem auf schmerzhafte Weise kontinuierlich sehr harte Trennungsphasen statt. Sie wurden manchmal ausgelöst durch Konflikte in nie gekannter Dimension und die drastischsten Umstände, die den anderen völlig ungewollt schon einmal in höllische Phasen bringen konnten.

Gerade in diesen extremen Konfliktpunkten verlieren Maike und Jan sehr viel seelische Kraft; auch haben sie das Gefühl, darauf keinen Einfluss nehmen zu können.

Laut diversen Berichten über die »Dualseele« gehören solche Trennungsphasen wohl dazu. Wenn man dem Glauben schenkt – und das tun sie heute –, werden sie dies immer wieder auf schmerzliche Weise erleben müssen. Es scheint ihrem geistigen Wachstum zu dienen, genauso wie auch die Begegnung für die seelische Weiterentwicklung wichtig zu sein scheint.

Manchmal fragen Maike und Jan sich, warum sie diese Erfahrung machen sollen? Andererseits sind sie auch dankbar dafür, da es laut einschlägiger Literatur heißt, »Dualseelen« würden nur in den seltensten Fällen im irdischen Bereich aufeinandertreffen, und wenn, dann sei dies mit nichts zu vergleichen. Ein schwieriges Unterfangen, mit solchen Gefühlen umzugehen, die nichts, aber auch rein gar nichts mit der üblichen Verliebtheitsform zu tun haben. Ein Magnet, eine seelische Anziehungskraft mit ungeahnten Gefühlen, gegen die keiner anzukommen scheint, inklusive der höllischen Erfahrungen, die irrsinnig viel Energie rauben, sowie den bisher nie gekannten Situationen, die das Gefühl des »Eins-Seins« auslösen.

In persönlichen Augenblicken, wenn sie sich nur ein bis zwei Meter gegenüberstehen und dem »Spiegel« in die Augen sehen, scheint es ihnen beinahe unmöglich, sich zu trennen. Sie müssen die Augen schließen, um sich voneinander zu lösen, und wirklich nur dann schaffen sie es, gegen diese Machtgefühle anzukommen. Die Magie ist einfach viel zu stark. Die Gefühle sind so komplex, dass es nahezu unmöglich scheint, sie korrekt zu beschreiben.

Befinden sie sich im selben Raum, fühlen sich beide als Einheit, nur die gleiche Umgebung reicht da schon aus. In diesen Momenten schaffen sie Dinge, die sie sonst für unmöglich gehalten hätten. Sie haben das Gefühl, den anderen schon immer gekannt zu haben, und spüren ein Verbundenheitsgefühl wie nicht einmal zu ihren nahestehendsten Personen. Es handelt sich um ein komplett anderes Gefühl als alles, was sie in ihrem Leben bislang kennen gelernt haben. Dennoch möchte niemand den anderen besitzen oder kontrollieren, jeder führt sein eigenes Leben normal weiter.

Mittlerweile kamen ihnen sogar die Gedanken bezüglich einer Rückführung in den Sinn, was natürlich – ihre Psyche betreffend – nicht so einfach wäre. Aus diesem Grunde legten sie den Gedanken vorerst beiseite.

Seit ihrer Erfahrung glauben sie auch an einige übersinnliche Phänomene, für die sie früher nur ein kurzes Lächeln übrig gehabt hätten; und das Wort »Zufall« nimmt keiner von ihnen mehr gerne in den Mund.

Auch Maikes Ehemann weiß heute, da sie sehr viel mit ihm darüber diskutiert und er eine ganze Menge mitbekommen hat, manchmal sogar mit einbezogen war, dass es Jan immer geben wird, allerdings auf eine rundum andere Art, die nichts mit irdischer Liebe zu tun hat und anscheinend nicht jeder kennen lernen darf/soll/muss.

Des Weiteren fanden sie bestimmte Aussagen, dass »Dualseelen«, wenn sie aufeinandertreffen, meist eine gemeinsame Aufgabe zu lösen haben. Auch in ihrem Horoskop findet man die Aussage: »Gemeinsames Arbeitsprojekt!« Nun gut, letztendlich sind das alles Theorien, eines aber tun sie heute, nämlich vielen dieser Theorien Glauben schenken, da es ihnen tagtäglich genau so widerfährt. Selbst Maikes »Tarot-Karten«, die sie sich aufgrund dessen angeschafft hat, spiegeln alles so wider, dass es schon beinahe übernatürlich ist. Eine Karte stand zum Beispiel unter dem Aspekt des Mondes, der ausgerechnet die Bedeutung »Seelenverwandtschaft« trug.

Während Maikes Recherche fiel ihr auf, dass viele Menschen nach gerade dieser Erfahrung suchen und oftmals meinen, das größte Glück auf Erden gefunden zu haben bzw. ihrer »verwandten Seele« begegnet zu sein, weil sie lang anhaltende Schmetterlinge im Bauch spüren. Sie dürften sich zwar ganz sicher enorm verliebt, aber niemals ihre »Dualseele« vor sich haben. Vor ihrer Begegnung haben sie sich immer wieder die Frage gestellt: *»Kann das alles gewesen sein?«* Das fragt sich inzwischen keiner von beiden mehr – und noch mehr würden sie gewiss auch kaum mehr aushalten können. Nur zu gerne würden sie anderen Menschen für ein paar Minuten etwas von diesem Gefühl abgeben, damit sie annähernd erleben können, wie der Himmel und die Hölle in extremster Weise miteinander kommunizieren.

Mehrfach starteten sie den Versuch, sich aus dieser Verbindung zu lösen, weil sie einen seelisch »auffrisst«, sie müssen aber immer wieder feststellen, dass es unmöglich ist, denn sie werden durch die dubiosesten Umstände doch wieder zusammengeführt; wenn auch nur für sehr kurze Zeit und darüber hinaus die Magie – über längere Sicht gesehen – kein »Loslassen« zuzulassen scheint.

Der Konflikt

Es wäre keine »Dualseelenverbindung«, wenn Maike und Jan nicht auch Konflikte in extremen Formen austragen müssten. Um die Emotionstiefe relativ verständlich darzulegen, wird im Folgenden einer ihrer Konflikte einmal etwas ausführlicher geschildert.

Im August 2004 plante Maike einen Familienurlaub in Dänemark. Genau einen Tag vor der Abreise entstand zwischen Jan und ihr der heftigste Konflikt ihrer bisherigen Zeit, ausgelöst durch derbste Missverständnisse ihrerseits. Aufgrund Maikes Fehlverhaltens, was Jan völlig zu Recht zutiefst getroffen hat, geriet er sogar in diverse Probleme, die durch sie absolut ungewollt zu Stande gekommen waren. Am 22. August, ausgerechnet das Datum des Führerscheinerhalts, der Abgabe des Hundes und der Nummer unter den Schlittschuhen, kam es per SMS knüppeldick. Dann trat absolute Funkstille zwischen ihnen beiden ein.

Der Urlaub war die reinste Hölle. Maike schien zu nichts mehr fähig zu sein und versaute ihrer Familie diese gemeinsamen Tage, sodass sie nicht nur wegen des schlechten Wetters den Urlaub vorzeitig beendeten.

Auch Jan versuchte in der Folge sein Leben wieder in den Griff zu bekommen. Dass dieser Ärger durch Maikes Schuld entstand, verzieh er ihr, sie aber wird sich das wohl nie verzeihen können.

Monatelang herrschte Funkstille. Selbst der Internetkontakt brach komplett ab. Anfangs überhäufte Maike ihn mit irrsinnig vielen SMS und wusste selbst nicht mehr so ganz, was sie da eigentlich tat. Sie hatte das Gefühl, ferngelenkt zu werden, und fragte sich, wieso sie nicht einfach loslassen könne, ja, sie verzweifelte bald daran. Im Laufe der Zeit erkannte sie, dass sie Jan wohl überforderte, und verstand, dass sie ihn seinen Weg gehen lassen muss. Sie dachte, wenn es so sein soll, dann wird sie das Schicksal sicher wieder zusammenführen, aber innerlich wie körperlich war das Ende erreicht, ihre Kraft wie weggeblasen.

Viele Monate später lag sie im Wohnzimmer auf dem Sofa, um sich von einem Kreislaufzusammenbruch zu erholen. Da fuhren ihr auf einmal ominöse Gefühle durch den Körper, als hätte sie eine bestimmte Vorahnung, dass irgendetwas geschehen würde. Sie war äußerst unruhig und konnte sich den Grund nicht erklären. In diesem Gefühlschaos kam wie aus heiterem Himmel eine SMS, die Maike erst entgeisterte und dann total verstörte – es war Jan, der sich nach über einem halben Jahr Funkstille vor ihrer Haustür befand. Maike nahm wie benommen natürlich alle Kraft zusammen, zu ihm zu gelangen.

An diesem Abend unterhielten sich beide lange Zeit, aber Jan hatte Maike mit seinem plötzlichen Auftauchen so durcheinandergebracht, dass sie kaum mehr einen klaren Gedanken fassen konnte. Sie nahm alles nur in einem tranceähnlichen Zustand wahr. Was ihnen aber monatelang zu schaffen gemacht hatte, konnte und sollte an diesem Abend endlich bereinigt werden.

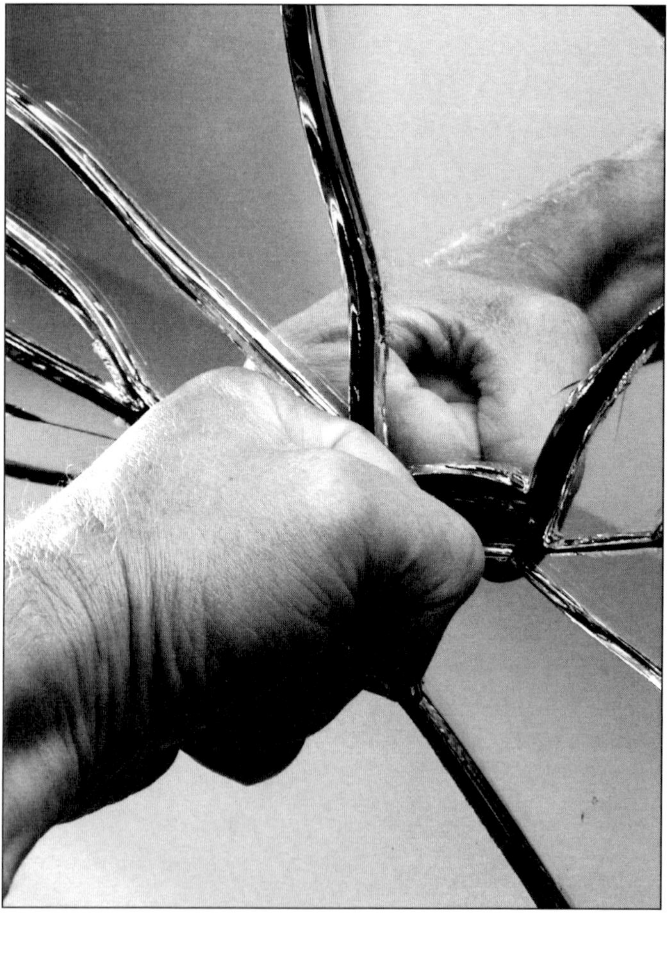

Die letzten Erlebnisse

Eines Tages saß Maike am Computer und überarbeitete ein wenig ihr Manuskript. Es war der 6. August 2005. Schon wieder das besagte Datum, an dem sich Jan wegen der türkischen Frau beinahe das Leben genommen hätte. Da überkam Maike das Gefühl, ihm schreiben zu müssen, ob er wisse, was heute für ein Datum sei. Nur kurze Zeit später erhielt sie von ihm eine Rückantwort, in der zu lesen war, dass er sich auf dem Weg ins Sonnenstudio befunden hätte, dieses dann aber doch gemieden habe, weil die besagte Person ihm gerade über den Weg gelaufen sei, um ebenfalls das Sonnenstudio zu besuchen. Kopfschüttelnd legte sie das Handy zur Seite und kümmerte sich weiter um ihre Datei.

Es näherte sich der Dezember 2005, und durch vielerlei Umstände hatte eine erneute Trennungsphase bestanden, die in diesem Fall allerdings nicht durch Konflikte ausgelöst worden war.

Zwischenzeitlich lernte Maike über das Forum ihrer Lieblingsband mehrere Personen kennen, aber nur bei einer Person namens Winny war annähernd das Gefühl wie bei Jan vorhanden. Sie schrieben sich über das Forum die erste Nachricht, in der es um zwei Konzertkarten ging, und kamen seitdem nicht mehr voneinander los. So kam es, dass sie sich ebenfalls per Chat schrieben. Irgendwie kam Maike das alles sehr bekannt vor. Im Laufe der Zeit berichtete Maike ihr von der Erfahrung mit Jan. Winny hörte sehr interessiert und neugierig zu, da sie kurioserweise Ähnliches erlebt hatte. Daraufhin schickte Maike ihr die Datei per E-Mail zu, und so kam es, dass sie sich gemeinsam an die Überarbeitung begaben, oftmals bis tief in die Nacht hinein.

Durch ihre Inspiration bekam sie wieder Kraft und Hoffnung, die sie zwischenzeitlich begraben hatte, dieses Werk vielleicht doch fertig zu stellen. Sie sprudelte über vor Energie. Seitdem geschahen auch bei ihnen Dinge, die annähernd mit der Situation zwischen ihr und Jan vergleichbar waren, seien es die telepathischen Situationen, die sonderbaren Gefühle, die Worte, die sie verwenden, wie z. B. Engel, Seelenfreundin oder Seelenschwester, und eine weite Entfernung, die es nicht oft ermöglicht, sich persönlich zu begegnen.

Am 15. Dezember 2005 erreichte Maike um 1:23 Uhr eine SMS von Jan zu ihrem Geburtstag. Voller Freude darüber konnte sie nicht mehr schlafen, schrieb Winny mitten in der Nacht eine SMS und wunderte sich, wieso daraufhin ihr Handy klingelte – es war Winny, die ebenfalls nicht schlafen konnte. Dann führten sie ein sehr langes Gespräch.

Inzwischen war es zwischen Maike und Jan noch einmal zu einer Begegnung gekommen, eine weitere wurde ihnen danach allerdings durch sehr heftige Umstände verwehrt. Jans Hund starb, er musste sich einer Knieoperation unterziehen und lag mit einer schweren Grippe flach. Auch Maike ging es unterdessen nicht sehr gut, weil sie großem Stress ausgesetzt war.

Anfang März verhinderte Schneechaos ein weiteres Zusammentreffen. Seitdem war von Jan kein Zeichen mehr gekommen, was Maike in ihrem tiefsten Innern sehr in Aufruhr brachte. Daher beschloss sie, am 6. März

2006 – trotz sehr schlechter Winterverhältnisse – zu ihm zu fahren, auch auf die Gefahr hin, ihn nicht anzutreffen, was dann leider auch so eintraf. Absolut verzweifelt rief sie Winny an, die ihr an diesem Abend aus der schmerzlichen Lage heraushalf.

Diese Augenblicke scheinen einer Magie zu unterliegen, die so stark anzieht, dass Betroffene alles um sich herum vergessen und in solchen Momenten gar nicht so recht verstehen, was sie da eigentlich tun. Im Normalfall wäre sie zuhause geblieben, aber was konnte in dieser Verbindung schon als normal angesehen werden?

Erst am 21. August 2006 – kurioserweise nur einen Tag vor dem Datum, an dem sehr viele Dinge geschahen – stellte sich ihr Kontakt allmählich wieder her. Maike fuhr gerade zu einem Supermarkt und hörte nebenher einen Song ihrer Lieblingsband. Da verspürte sie auf einmal den Drang, Jan eine SMS zu schreiben, rechnete aber nicht wirklich mit einer Antwort. Doch er reagierte prompt und schrieb ihr, dass er am 24. August 2006 morgens seinen Bruder vom Flughafen, der sich ganz in ihrer Nähe befindet, abholen müsse und es dringend Zeit für eine Begegnung sei. Wenn sie nicht bereits auf einem Parkplatz gestanden hätte, wäre sie vermutlich gegen den nächsten Baum gefahren. Die SMS brachte sie so durcheinander, dass sie vergaß, im Supermarkt die Hälfte einzukaufen – sie weilte mit ihren Gedanken ganz woanders.

Normalerweise hätte sie an dem besagten Morgen nicht gekonnt, setzte aber alle denkbaren Hebel in Bewegung, um irgendwie zum Flughafen zu gelangen. Dies war zwar ein überaus schwieriges Unterfangen, hat aber letztendlich funktioniert. Als Maike Jan auf dem Weg zum Flughafen eine SMS schrieb, spürte sie schon, dass er sich dort gar nicht aufhielt. Kurze Zeit später kam seine Antwort, die lautete: »*Was soll ich denn schon so früh am Flughafen? Ich stehe sozusagen bei Dir vor der Haustür!*«

Da fuhren sie also genau in der Mitte aneinander vorbei und drehten beide um, damit sie sich schließlich an bestimmter Stelle treffen konnten. Wie gehabt, mussten sie demzufolge erst Umstände in Kauf nehmen, um sich nach einer langen Trennungsphase erneut begegnen zu können.

An diesem Morgen herrschte eine Ausgeglichenheit wie lange nicht, sie klönten über alles Mögliche. Unter anderem gab Maike ihm etwas von der letzten Konzerttour ihrer Lieblingsband mit, und Jan erzählte ihr, dass er bei einem anderen bekannten Sänger am Hockenheimring gewesen sei. Auch diesbezüglich fiel Maike nur einen Tag später aus allen Wolken, denn als sie den Briefkasten öffnete, holte sie das vor einem Jahr angeforderte Foto des besagten Konzertes in Köln heraus, wo sie damals mit Jan gewesen war, und noch eine Beilage bezüglich des neuen Albums der Band mit der Rangnummer 608, wo sie einst gestanden hatten. Als sie auf den Titel sah, begriff sie überhaupt nichts mehr, denn dieser sagte sinngemäß aus, dass es so ist, wie es ist. Auch einige Songs auf diesem Album, das Maike sich sofort kaufte, als es herauskam, spiegelten sehr viele Dinge ihrer Verbindung wider.

Aber das war nicht alles. Der Konzertfotograf des Sängers erzählte in seinem Bericht ausgerechnet vom Hockenheimring, von dem Jan ihr einen Tag zuvor erzählt hatte.

Ende August 2006 hörte Maike davon, dass ein lang gesuchter Serienmörder endlich gefasst worden sei. Am nächsten Morgen dachte sie noch einmal darüber nach, wobei ihr ein kalter Schauer über den Rücken fuhr. In dem Moment erhielt sie von Jan eine SMS mit dem Inhalt, dass bei ihm absolutes Chaos herrsche, da der gefasste Serienmörder der Sohn einer Cousine sei. Nach dreimaligem Durchlesen nahm sie endlich wahr, was Jan geschrieben hatte.

Nur zwei Tage danach teilte er ihr per SMS mit, dass seine Mutter mit einem Oberschenkelhalsbruch im Krankenhaus liege, während Maike gerade von ihrer Mutter am Telefon erfahren hatte, dass sie einen Termin im Krankenhaus machen müsse. Es fiel ihr in dem Augenblick nicht mehr leicht, noch konzentriert zuzuhören.

Auch als Maike ein paar Tage später von ihrer Mutter erfuhr, dass ihr Großonkel, der von Beruf Bestatter war, gestorben sei, vibrierte in diesem Moment ihr Handy in der Hosentasche. Nachdem sie es aus der Tasche geholt hatte, sah sie, dass die SMS von Jan stammte, der sich fragte, ob das denn nie aufhören würde mit dem Horror. Nun sei auch noch seine Tante gestorben. Eigentlich hatte Maike während des Telefonats gestanden, aber nun musste sie sich doch erst einmal hinsetzen.

Durch die damaligen Umstände besteht seit langer Zeit kein Internetkontakt mehr, stattdessen nehmen sie ihre Handys. Der Gedanke an die »andere Hälfte« ist allerdings immer vorhanden und auch nicht abstellbar.

So oft sie auch versuchten »auszubrechen«, sie haben gemerkt, dass es unmöglich ist, und versuchen mit den sich verselbstständigenden Gefühlen umzugehen.

Sie haben beide so viel wie nie zuvor aus dieser Begegnung gelernt und massenhaft Verständnis für Dinge entwickelt, an die sie vor dieser Zeit keinen Gedanken verloren hätten. Auch ihre Mitmenschen betrachten sie nun aus einer ganz anderen – wesentlich herzlicheren – Perspektive. Sie urteilen nicht gleich voreilig, haben gelernt, dass sie alles auf sich zukommen lassen müssen, und gehen heutzutage mit auftretenden Erlebnissen ein klein wenig besser um.

Sie haben durch ihre Erfahrungen den Glauben an das gewonnen, was man heutzutage »Schicksal« nennt.

Mittlerweile geht es bei Maike persönlich bereits so weit, dass sie während einer Hypnosesitzung mit der »Rückführungs-CD« erste Bilder wahrnimmt, wo passende Details sogar im Internet zu finden sind. Des Weiteren kann sie mit einer Freundin über den PC gegenseitig Gefühle spüren, oftmals weiß sie vorher, was andere schreiben werden, und sie wird bis heute noch von der Zahl *Zweihundertsechsundzwanzig* heimgesucht.

Ihr Manuskript stellte Maike am 28. September 2006 fertig – seltsamerweise das Datum, an dem sie das erste Mal auf Jan traf – und überreichte die ersten Seiten einer Lektorin. Kurz darauf arbeitete sie an der Covergestaltung und überlegte, welchen Untertitel sie wohl nehmen sollte. Im Kopf hatte sie *»Zufall oder Schicksal?«*. Auch diesbezüglich musste sich wohl wieder etwas ereignen, denn als sie Anfang Oktober in dem Forum ihrer Lieblingsband stöberte, musste sie erst dreimal hinsehen, um das dort Stehende zu begreifen. Ein Forumsmitglied eröffnete – ausgerechnet am 28. September – einen »Thread«, der folgende Überschrift trug: »*Zufall oder Schicksal!*«

Ein weiteres Forumsmitglied, das sich mit spirituellen Themen auseinandersetzt, antwortete auf Maikes Beitrag, in dem sie ein wenig die Bedeutung geschildert hatte, dass die Quersumme der Zahl Zweihundertneunundachtzig die Zehn sei und dies im Tarot u. a. folgende Bedeutung hätte: »*Schicksalhafte Begegnung*«! Dass die Quersumme von zweihundertsechsundzwanzig auch zehn ergab, überraschte Maike ebenfalls sehr. Des Weiteren stellte Maike fest, dass selbst in ihrer Auftragsnummer für die Buchgestaltung die Zahl jenes bedeutsamen Tages auftauchte: »*Zweihundertachtundzwanzig*«.

Alles »Zufall oder Schicksal«? Entscheiden Sie selbst!

Über die Dualseele

Unter den Begriffen »Dualseele, Seelenpartner, Zwillingsseele, Seelenfreund, Seelenverwandte …« findet man eine ganze Menge Theorien, aber nur eine davon spiegelt Maikes und Jans Gefühle so detailgenau wider, dass es Sinn macht, einen Auszug daraus mit aufzuführen, der freundlicherweise verwendet werden darf.

Das Dualseelen-Thema wird in den letzten Jahren immer aktueller. Es scheint tatsächlich so zu sein, dass sehr viele Menschen – vor allem über das Internet – einen Menschen finden, mit dem von Anfang an alles anders als »normal« verläuft.

Tatsache ist, dass, ob es nun eine reale 3D-Begegnung ist, die fast immer »zufällig« zu Stande kommt, oder ob es eine Online-Bekanntschaft ist, für beide Beteiligten sofort eine besondere »Energie oder Schwingung« spürbar ist. Man ist sich durchaus nicht immer auf Anhieb sympathisch, aber die Begegnung ist anders als jede andere Begegnung jemals zuvor, es besteht eine unglaubliche Anziehungskraft. Diese Anziehungskraft kann so beschrieben werden: »*Wir flogen sofort aufeinander, obwohl wir nicht wussten, warum, weil der andere so gar nicht den Vorstellungen vom anderen Geschlecht entsprach.*«

Diese besondere Schwingung, die auch z. B. mit einer E-Mail »mitzukommen« scheint, lässt nun einen Kontakt mit einem unbekannten Menschen entstehen, der uns auf eine geheimnisvolle Weise sehr vertraut zu sein scheint.

Diese Diskrepanz zwischen fremd und doch vertraut ist nicht einzuordnen in die passenden »Modelle«, wie ein Kontakt mit einem anderen Menschen abläuft. Es entwickelt sich zumeist so etwas wie eine Abhängigkeit, sehr oft haben diese Seelenbegegnungen fast zwanghaften Charakter. Man kommt nicht voneinander los, aber auch miteinander ist es zumeist schwirig und mühsam.

Jeder Mensch, der eine Seelenbegegnung – ob jetzt tatsächlich mit seiner Dualseele oder nur mit einem nahen Seelenverwandten – erlebt hat, wird durch diese Begegnung verändert. Kaum jemand allerdings, der so eine Seelenbegegnung erleben muss (und ich sage ganz bewusst »muss«), würde sich das freiwillig noch einmal wünschen.

Was ich nicht genug betonen kann, es hat mit der »normalen« Liebe zwischen Mann und Frau, auch mit der »normalen« zwischenmenschlichen Liebe nichts zu tun!

Von Romantik keine Spur, diese Begegnungen verlaufen mit einer unglaublichen Intensität. Man ist auf eine geheimnisvolle Art und Weise miteinander verbunden, kommt nicht voneinander los, man leidet unter jedem nicht ganz richtigen Wort des anderen.

Diese Begegnungen sind eine große Herausforderung für unsere Toleranz, unser Verzeihen und Verstehen und sehr oft erfüllt von Schmerz.

Eine Seelenbegegnung ist nur dann eine, wenn beide Partner die gleiche Intensität und Tiefe in der Verbundenheit zum anderen fühlen. Sehr oft ist es aber nahezu unmöglich, darüber zu sprechen, ganz zu schweigen davon, diese Gefühlstiefe und Verbundenheit zuzulassen. Die Menschen wissen nicht, was mit ihnen passiert.

Das eigene Seelenglück liegt im anderen … man hat in einer Seelenbegegnung gar nichts selbst in der Hand, man ist ausgeliefert, befindet sich in Abhängigkeit, leidet, hofft … Frauen anscheinend mehr als Männer.

Was aber ist es nun, das uns in einer derartigen Seelenbegegnung so verändert? Es ist die Liebe, die wir für diesen anderen Menschen fühlen, fühlen müssen, weil wir gar nichts anderes fühlen können.

Seelenliebe ist eine ganz besondere Art von Liebe. Sie hat mit der romantischen Liebe zwischen Mann und Frau absolut nichts zu tun. Natürlich kommt es immer wieder zu Missverständnissen, weil wir im Grunde genommen gar keine andere Art von Liebe zwischen den Geschlechtern kennen. Das führt zu Missverständnissen, weil es eben keine Verliebtheit ist, es nichts mit dem Mann oder der Frau in der geschlechtlichen Rolle zu tun hat. Seelenpaare sind in der Regel keine Liebespaare! Das ist der erste Schritt, der von den Beteiligten erkannt werden muss.

Auch wenn wir kurzfristig diesem Irrtum erliegen sollten, wird dieser doch sehr bald erkannt. Danach versucht man, dieser Liebe einen Namen zu geben, was ist es nun, das mich mit diesem Menschen verbindet? Fühlt man sich wie zu einer Schwester, einem Bruder hingezogen? Es ist aber auch nicht diese Form der normalen Geschwisterliebe, es ist auch nicht die Liebe, die man für eine nahe Freundin oder einen vertrauten Freund empfindet. Es ist etwas Neues, eine uns Menschen bisher weitestgehend unbekannte Form von Liebe.

Seelenliebe – wenn es wirklich und wahrhaftig die Liebe zwischen zwei vertrauten und verwandten Seelen ist – ist etwas Besonderes. Sie berührt die Menschen in ihrem Innersten, spricht ihre Seele an, öffnet das Herz auf eine ungeahnte Weise, macht verletzlich. Es macht den Menschen verletzlich in einer Art, die er bisher meist nicht gekannt hat. Kein anderer Mensch als die geliebte Seele im anderen kann in uns ein derartiges Glücksgefühl auslösen oder aber uns in Sekundenbruchteilen in tiefste Tiefen stürzen.

Betroffene sagen, die Hochs sind höher und die Tiefs sind tiefer als alles, was sie je erlebt hätten. Man betrachtet sich selbst und die eigenen Verhaltensweisen mit Erstaunen, erkennt sich selbst nicht mehr. Seelenliebe löst Verwirrung in uns aus, verleitet zu Handlungen, die wir so im Normalfall nicht setzen würden.

Im Verlauf einer solchen Seelenbegegnung kommt irgendwann der Versuch, diese Verbindung zu beenden. Meist finden voneinander unabhängig diese Versuche statt. Sie enden damit, dass wir erkennen müssen, es ist unmöglich. Diese Verbindung IST. Wenn die eine Seite loslässt, sich distanziert, dann beginnt die andere wieder mit dem Kontakt oder Zufälle bringen diese beiden Menschen wieder zusammen.

In der Literatur kann man lesen, dass so eine Seelenbegegnung nur von Dauer sein wird, wenn beide Seelen einen gewissen Bewusstseinszustand erreicht haben, sonst würde die Verbindung sofort wieder getrennt werden. In der heutigen Zeit ist das offensichtlich anders, wir müssen unsere Seelenbegegnungen durchleben, aushalten und dürfen daraus lernen.

Ein, wie es sich für mich darstellt, sicheres Zeichen für eine Seelenverbindung ist die Tatsache, dass man mit diesem Menschen eine körperlich spür- und erfahrbare Verbindung hat. Es hat nichts mit Telepathie zu tun, sondern ist etwas sehr viel Tieferes. Man spürt diesen anderen Menschen körperlich. Es ist, als würden sich vom Zentrum der Brust ausgehend Wellen von »Energie« in den Körper ausbreiten. Man spürt diesen Seelenmenschen sofort, wenn sich dieser auch nur in Gedanken mit uns beschäftigt. Es ist nicht nur die Intensität der Verbindung im Moment exakt spürbar, sondern auch die Qualität und lässt uns genau wissen, wie es diesem anderen Menschen geht.

Während des normalen Arbeitstages, mitten in Stress und Hektik oder womit wir auch immer beschäftigt sein mögen, ist diese Seele plötzlich »da«. Man kann nichts dagegen tun.

Frauen sind in der Regel viel offener und auch bereit, über ihre Erfahrungen zu sprechen. Die Frauen sind es auch – so die Aussage einer Betroffenen –, die die »Kofferträger« dieser Seelenverbindungen sind.

Männer neigen viel mehr dazu, sich durch diese Erfahrung in die Enge getrieben zu fühlen. Sie versuchen zu flüchten, leugnen ab, es mag auch Angst vor so viel Gefühlsintensität vorhanden sein, die »Mann« einfach überwältigt. Doch auch sie können ihrer Bestimmung nicht entrinnen. Wir erkennen, dass wir dieses andere Seelenwesen auf eine Art und Weise lieben, die keine Grenzen kennt. Auch wenn wir verletzt worden sind und im Schmerz versinken, bleibt doch die Liebe unantastbar. Wir können sie nicht abstellen, sie wird trotz aller Ereignisse nicht weniger, nein, sie wird mit jedem Tag, den diese Verbindung anhält, inniger, intensiver. Man verzweifelt daran, möchte so nicht weitermachen, leidet, liebt und doch gibt es kein Heilmittel dagegen.

Das klingt alles ziemlich unglaublich. Kein Mensch, der so eine Seelenverbindung nicht erleben und durchleben musste, kann es nachvollziehen. Jeder aber, dem es widerfahren ist, wird sich darin wiederfinden.

Quelle: http://energieimpulse.net/main.php?site=seelenverwandte)

Maike und Jan ist all dies widerfahren. Sie sprechen sich auch nicht mit einfachen Worten an, sondern verwenden intensivere Ausdrücke, wie »mein Leben«, die ausdrücken sollen, dass der »Spiegel« das Leben des anderen – meist ganz unbewusst – doch sehr stark zu beeinflussen scheint, auch wenn sonst alles weiterläuft wie bisher.

Des Weiteren haben drei englische Worte einen hohen Stellenwert, die wiedergeben sollen, dass sie der Bestimmung wohl nicht entrinnen können, sondern einfach abwarten müssen, was geschieht.

Mit diesen Worten wird die von ihnen gemachte Erfahrung, die Ihnen, liebe Leser, hoffentlich einen kleinen Einblick in eine tiefere Verbundenheit geben konnte, beendet. Sie lauten: *WAIT AND SEE …*

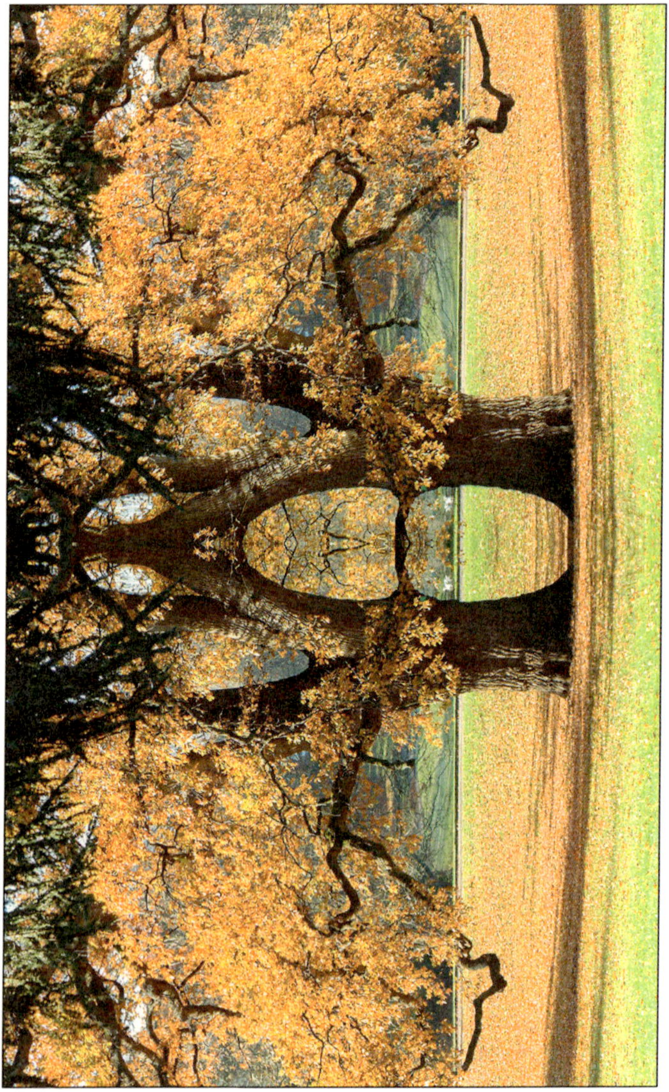

Danksagung

Mein Dank gilt erst einmal allen Lesern, die sich für den Kauf dieses Buches entschieden haben.

Vor allem aber möchte ich meinem »Engel« Winny Korzuch, die mich in jeglicher Hinsicht auf seelische Weise unterstützte und viele Nächte für mich opferte, meinen großen Dank aussprechen. Da sie mir die Kraft gab, das Werk fertig zu stellen, kam mir die Idee eines gemischten Autorenpseudonyms mit meinem Vor- und ihrem Nachnamen.

Herzlichst bedanken möchte ich mich auch bei Dr. Daniel Mahrenholz, der mir ebenso tatkräftig zur Seite stand und für all meine Fragen immer ein offenes Ohr hatte.

Mein weiterer Dank gilt natürlich allen Mitarbeitern von Books on Demand GmbH, die an der Fertigstellung mitgewirkt haben, insbesondere Frau Annika Ollmann.

Ihre Maike

Kontaktmöglichkeit

Unter folgender Webseite haben Sie die Möglichkeit, mit der Autorin Kontakt aufzunehmen:

http://www.zufalloderschicksal.de